Cœur
sucré

L'auteur

Cathy Cassidy a écrit son premier livre à l'âge de huit ou neuf ans, pour son petit frère, et elle ne s'est pas arrêtée depuis.

Elle a souvent entendu dire que le mieux, c'est d'écrire sur ce qu'on aime. Comme il n'y a pas grand-chose qu'elle aime plus que le chocolat... ce sujet lui a longtemps trotté dans la tête. Et, quand une amie lui a parlé de sa mère qui avait travaillé dans une fabrique de chocolat, l'idée de la série « Les Filles au chocolat » est née !

Cathy vit en Écosse avec sa famille. Elle a exercé beaucoup de métiers, mais celui d'écrivain est de loin son préféré, car c'est le seul qui lui donne une bonne excuse pour rêver !

Dans la même série
Les Filles au chocolat

Cœur sucré

Cathy Cassidy

Traduit de l'anglais par Anne Guitton

Loi n° 49-956 du 16 juillet 1949 sur les publications
destinées à la jeunesse : octobre 2016.

Ce titre a été publié pour la première fois en 2014, en anglais,
par Puffin Books (The Penguin Group, London, England),
sous les titres *Chocolates and Flowers – Alfie's Story*
et *Hopes and Dreams – Jodie's Story*.

ISBN 978-2-266-26547-8

L'étoile
de la Saint-Valentin

1

Je ne sais pas si c'est une bonne chose d'avoir une copine dont l'anniversaire tombe le jour de la Saint-Valentin. D'un côté, c'est une double raison de faire la fête ; mais de l'autre, les enjeux sont deux fois plus élevés. Impossible de se contenter d'une carte ringarde et d'un sachet de bonbons en forme de cœur.

En tout cas, pas si la copine en question s'appelle Summer Tanberry.

Summer a toujours été la fille de mes rêves. Je suis fou d'elle depuis la maternelle, quand sa sœur jumelle Skye et elle promenaient leurs grands yeux bleus et leurs couettes blondes dans la cour de récréation. Elles se ressemblaient comme deux gouttes d'eau, et même la maîtresse les confondait souvent. Mais pas moi.

Pour commencer, Skye ne se séparait jamais d'un vieux boa en plumes déniché dans le coffre à déguisements de la classe. Et les yeux de Summer brillaient d'un éclat différent, d'une flamme pleine de promesses. Elle avait un million d'amis, et les professeurs l'adoraient.

Moi, c'était tout le contraire. Je me faisais gronder pour avoir essuyé mes mains couvertes de peinture bleue sur la jupe de Miss Martin. Ou pour avoir mangé sept gâteaux au chocolat et piqué une crise de nerfs à la cantine. Ou pour avoir raconté que j'avais un singe apprivoisé à la maison, avant d'expliquer à la maîtresse que je voulais parler de ma petite sœur.

Summer débordait d'énergie et elle m'impressionnait. Je n'osais pas l'approcher. Et puis un jour, je l'ai vue danser. La dernière répétition du spectacle de Noël venait de se terminer. Déguisés en bergers, rois mages, anges ou chameaux, nous avions récité notre texte et entonné en chœur des chansons de circonstance, jusqu'à ce que Marisa McTaggart vomisse sur son costume et doive être accompagnée aux toilettes.

Miss Martin m'a grondé parce que j'avais modifié les paroles en y ajoutant le mot « culotte ». Au moment de regagner la classe, elle m'a placé en tête du groupe pour me garder à l'œil. Soudain, je me suis aperçu que j'avais laissé sur scène ma couronne en papier mâché. Elle n'était pas très belle, mais je l'avais décorée tout seul avec tellement de paillettes et de gommettes que les femmes de ménage s'étaient plaintes le lendemain d'en avoir retrouvé partout.

Miss Martin a poussé un gros soupir et m'a ordonné d'aller la chercher avant qu'elle finisse à la poubelle. En arrivant devant la porte de la salle, j'ai été surpris d'entendre la musique de « Douce nuit ». Y avait-il encore quelqu'un à l'intérieur ?

J'ai jeté un coup d'œil et découvert Summer. Elle tourbillonnait les paupières closes dans son costume d'ange, l'auréole de travers sur ses tresses blondes.

J'ai refermé la porte sans bruit et suis retourné en classe, où Summer nous a rejoints peu après. Il régnait un tel brouhaha que j'en ai vite oublié ma couronne. Le lendemain, pour le spectacle, j'ai dû me contenter d'un bandeau de papier crépon. Miss Martin était furieuse. Quelques jours plus tard, lors de la pêche à la ligne de Noël, j'ai gagné le lot le plus nul : une boîte de haricots à la tomate. Je parie que ce n'était pas une coïncidence.

Mais tout cela remonte à bien longtemps.

Nous avons grandi, et plus les années passaient, plus je faisais des bêtises. J'étais le clown de la classe, celui qui enchaînait les farces et amusait la galerie. Mais contrairement aux autres, Summer ne me trouvait pas drôle. J'avais beau faire mon possible pour qu'elle me remarque, son regard glissait sur moi comme si j'étais invisible. À mes yeux, elle incarnait la perfection. Elle était intelligente, belle, populaire, et c'était une danseuse-née. Un jour, en sixième, on nous a demandé d'écrire une rédaction sur nos rêves. Summer a raconté qu'elle espérait devenir danseuse étoile et se produire sur la scène de l'Opéra royal dans un tutu blanc, avec des plumes dans son chignon. Je crois qu'elle parlait du *Lac des cygnes*.

Lorsqu'elle nous a lu son texte à la demande du professeur, une détermination farouche brillait dans ses yeux. Il n'y avait aucun doute : elle finirait par accomplir son rêve. Ce n'était qu'une question de temps.

Summer me semblait si inaccessible que j'avais le vertige rien que d'y penser. Mais c'était plus fort que moi, elle me fascinait.

Je me suis rapproché de Skye, sa jumelle, afin d'en apprendre davantage sur elle. J'ai arrêté de faire le clown, changé de coupe de cheveux et essayé de paraître cool et mystérieux. D'après Skye, si je voulais plaire à sa sœur, je ne pouvais pas continuer à jouer les crétins.

C'était dur à entendre, mais j'ai fait de mon mieux. L'année dernière, pour Noël, j'ai déposé dans le casier de Summer une barrette ornée d'une rose en soie, avec une carte signée « Un admirateur secret ». Malheureusement, mon plan a échoué. Elle a cru que le cadeau venait de Zack Jones, et elle est sortie avec lui. À ce moment-là, j'ai failli baisser les bras. Mais les sentiments ne se contrôlent pas si facilement.

Mon cœur appartenait à Summer. Et quand l'éclat de ses yeux s'est assombri, quand elle a commencé à vaciller, j'étais là pour la rattraper.

Elle était perdue, épuisée, au bord du gouffre. Elle ne mangeait plus, ne réfléchissait plus. On aurait dit qu'elle essayait de disparaître, de devenir invisible, de se dissoudre dans l'air.

Comme j'observais ses moindres gestes, je m'en suis rendu compte avant tout le monde. Je la voyais remplir son assiette de feuilles de salade, ou porter une cuillère de crème dessert à sa bouche et la reposer sans y toucher. Je remarquais tout.

Elle était en chute libre.

Elle a rompu avec Zack. Et un jour, elle m'a enfin regardé, pour de vrai. Je n'étais encore pour elle qu'un ami, mais c'était un début. J'avais attendu si longtemps qu'elle s'aperçoive de mon existence.

Avec Summer, j'ai appris à être patient. Notre relation est une sorte de danse, une chorégraphie lente et délicate. Le problème, c'est que je suis un très mauvais danseur. J'ai deux pieds gauches, voire trois. Oui, je sais, c'est impossible, mais c'est l'impression que ça me donne.

Nous avons commencé par nous tenir la main, puis il y a eu les baisers, les promesses, les secrets murmurés. Aujourd'hui, tout se passe très bien entre nous. Mais j'ai peur de perdre le rythme, de me tromper dans les pas et de tout gâcher.

Et quand Summer me regarde avec ses grands yeux de petite fille perdue, je me demande s'ils finiront par retrouver leur éclat d'autrefois.

2

Après les cours, je travaille souvent dans l'épicerie bio de mes parents. Aujourd'hui, c'est plutôt calme. Le seul client est un vieux monsieur en pantalon de velours, chaussettes et sandales. Planté devant le rayon des infusions, il a l'air d'hésiter entre la réglisse et l'ortie.

Maman apparaît, vêtue d'une longue jupe verte dont les grelots tintent à chaque pas. Nous vivons au-dessus du magasin, et elle s'en sert un peu comme d'un garde-manger. Cette fois, elle récupère de la crème de soja et du paprika.

— Je prépare des crêpes à l'épeautre pour le dîner, m'informe-t-elle. C'est une nouvelle recette.

— Euh… super !

— Je sais que tu n'as pas été convaincu par celles à la farine de pois chiches, mais tu vas voir, ce sera très différent. L'épeautre a un goût de noix surprenant et délicieux.

Voilà ce qui se passe quand on vit dans une famille de hippies. J'adore mes parents et mes petites sœurs, même si elles sont parfois insupportables. Ma mère est passionnée par la diététique, d'où ces plongées fascinantes dans le monde des farines alternatives.

— Et toi, tu t'en sors ? m'interroge-t-elle. Tu sauras faire la caisse tout seul ?

Je lui réponds de ne pas s'inquiéter : je vais terminer mes devoirs sur l'ordinateur de la boutique, puis je fermerai. Alors qu'elle disparaît dans l'escalier, le client s'approche de la caisse. Il s'est finalement décidé pour une infusion aux glands de chêne qui, j'en ai fait l'amère expérience, a un goût de vieilles chaussettes. Il a également pris une boîte de chocolats végétaliens en forme de cœur.

— C'est pour la Saint-Valentin ? je demande.

Il m'explique qu'il aimerait inviter une dame de son cours de dessin à sortir avec lui. Je le rassure :

— Les chocolats et les fleurs, ce sont des valeurs sûres. Je parie qu'elle va dire oui !

Si seulement c'était aussi simple avec Summer… Une fois le monsieur parti, j'allume l'ordinateur et me connecte sur Internet en quête d'inspiration. Je cherche le cadeau idéal depuis le mois de janvier. Jusqu'ici, j'ai eu beau écumer tous les magasins de la ville, je n'ai rien trouvé. Mes parents me paient mes heures de travail, et j'ai économisé pas mal d'argent au moment des fêtes de fin d'année en conseillant les gens sur les substituts de dinde à base de soja ou sur les biscuits sans gluten.

Mais je n'ai pas d'idées. Les chocolats sont hors de question : le beau-père de Summer, Paddy, possède sa propre chocolaterie et, de toute façon, elle a toujours beaucoup de mal avec la nourriture. Elle est suivie dans une clinique spécialisée dans les troubles alimentaires. J'ai l'impression que ça l'aide, même si pour l'instant, elle considère le chocolat comme un poison. Elle refuse de mettre un pied dans l'atelier de Paddy de peur d'inhaler accidentellement quelques calories.

Quant aux fleurs, je trouve ça trop prévisible. Sans compter que dans une semaine, elles seront fanées, et ne laisseront derrière elles que des pétales flétris et des feuilles desséchées. J'ai regardé des foulards, des sacs, des boucles d'oreilles, des médaillons… rien à faire, je suis incapable de choisir.

Après un coup d'œil à ma montre, je tourne le panneau de la porte du côté « Fermé ». Puis je fais la caisse, range un peu le rayon des légumes bio et passe le balai sans cesser de réfléchir.

Il y a quelques jours, j'ai demandé à Summer ce qu'elle souhaiterait le plus au monde. Elle m'a répondu qu'elle aimerait guérir pour pouvoir recommencer à danser. Cette année, elle suit encore un cours par semaine, mais elle se plaint de ne pas réussir à mémoriser les chorégraphies. Selon elle, ses mouvements sont devenus lourds, maladroits.

— J'ai tout gâché, a-t-elle conclu avec un soupir.

J'ai essayé de la convaincre du contraire – en vain.

— Si, c'est vrai, a-t-elle insisté. Les catastrophes s'enchaînent. J'aimerais tant que Honey rentre d'Australie… Je suis perdue sans elle. Les sœurs sont faites pour vivre ensemble.

— Malheureusement, je ne suis pas certain d'avoir assez d'économies pour t'offrir un billet d'avion…

— Il ne fallait pas me poser la question ! a-t-elle rétorqué en riant. Ce n'est pas ma faute si mes rêves sont irréalisables. Je voudrais ne plus être malade, ne plus me sentir aussi faible. Je voudrais redevenir moi-même.

— Tu vas y arriver.

— Je n'en suis pas si sûre, Tommy. Avant, c'était tellement plus facile. Quand j'étais petite, je n'avais que des certitudes. Mes rêves et mes espoirs étaient si réels que je n'avais qu'à tendre la main pour les cueillir. Je me souviens qu'un jour, juste avant Noël, je suis restée dans la salle de spectacle après la répétition. J'ai remis le disque et j'ai dansé toute seule, comme une folle, sur « Douce Nuit ». C'était un moment parfait.

Je n'en croyais pas mes oreilles. Elle parlait du jour où j'avais oublié ma couronne – le jour où elle a ravi mon cœur.

— Voilà ce que je souhaite plus que tout, a-t-elle continué d'une voix triste. Retrouver la magie de cet instant. Tu comprends ?

Je me suis mordu la lèvre, car malheureusement, ce qu'elle désire ne s'achète pas.

— Je pensais plutôt à quelque chose de concret, ai-je avoué. Comme… je ne sais pas, un livre, un bracelet ou un bouquet de fleurs. Parce que ton anniversaire et la Saint-Valentin approchent.

J'ai senti le rouge me monter aux joues. Summer a secoué la tête.

— Tu n'es pas obligé de m'offrir quoi que ce soit, ni pour mon anniversaire ni pour la Saint-Valentin. Je ne suis pas vraiment d'humeur à la fête. Ta présence me suffit, Tommy. Ces derniers mois, tu es la seule chose positive qui me soit arrivée.

Elle a passé ses bras autour de mon cou, et je l'ai serrée contre moi. Elle était aussi fragile et parfaite qu'un oiseau sauvage qui risquait à tout moment de s'envoler.

Depuis cette conversation, je suis plus déterminé que jamais à lui trouver un cadeau extraordinaire qu'elle n'oubliera pas et qui ravivera l'éclat de ses yeux bleus. Un cadeau qui dira « je t'aime » sans que j'aie besoin de prononcer ces mots. Je ne suis pas très doué pour les déclarations, et je ne voudrais pas effrayer Summer.

Serai-je capable d'aider la fille de mes rêves à guérir ? De lui rendre sa joie de vivre alors que même la danse n'y parvient plus ?

Peu à peu, une idée prend forme dans mon esprit. Summer adore danser ; c'est ce qu'elle aime le plus au monde. Sa passion était d'ailleurs si dévorante qu'elle n'a pas supporté la pression lorsqu'on lui a proposé d'intégrer une grande école. De perfectionniste talentueuse, elle s'est transformée en petite fille perdue qui tente tant bien que mal de s'en sortir.

Et si je pouvais inverser le cours des choses ? Désormais, quand elle parle de son rêve, c'est d'une voix triste et résignée. Et si je lui permettais d'y croire à nouveau ?

Je veux qu'elle retrouve la magie de la danse.

Il va falloir que je m'organise. Par chance, la Saint-Valentin tombe pendant les vacances de février. Je téléphone à Finn, le copain de Skye qui vit à Londres, pour lui demander un coup de main.

— Super idée, Tommy, me félicite-t-il. Tu peux compter sur moi pour les billets. J'emprunterai la carte bancaire de ma mère, et tu la rembourseras quand on se verra.

— Tu veux te joindre à nous ? Avec Skye ? On pourrait en profiter pour organiser une sortie à quatre.

Finn réfléchit un instant.

— Nous ne sommes plus aussi proches qu'au mois d'août. Les relations à distance, ce n'est pas évident.

— Justement, ça vous ferait du bien. Elle appréciera le geste, ça lui montrera que tu tiens à elle.

— Je pensais me contenter d'une carte d'anniversaire, m'avoue-t-il en riant. Mais je n'ai plus trop le choix, pas vrai ? À côté de ce que tu prévois pour Summer, j'aurai l'air minable avec ma petite carte !

— C'est sûr !

— Bon, je vais y penser…

— Toi qui rêves de devenir acteur, c'est l'occasion d'en apprendre plus sur le milieu artistique.

— D'accord. Mais je te préviens, si je m'ennuie, tu me le paieras ! conclut-il avec un éclat de rire.

À nous deux, nous ne tardons pas à régler les détails logistiques : il viendra nous chercher à la gare routière et nous servira de guide dans le métro.

— Une dernière chose, ajoute-t-il. Tu es certain que ça va plaire à Summer ? Ça ne risque pas de… de faire remonter des souvenirs pénibles, de la déprimer davantage ?

— Bien sûr que non. Elle sera ravie.

Enfin, je l'espère.

3

En plus de l'alarme de mon téléphone, j'ai réglé deux réveils sur 3 h 45 du matin. À peine debout, je passe un coup de fil à Tanglewood pour m'assurer que Skye et Summer sont réveillées. Puis, après une douche rapide, je m'habille et tente de discipliner mes cheveux avec du gel – au naturel, j'ai toujours l'air d'avoir mis les doigts dans une prise électrique.

Papa, notre premier chauffeur de la journée, est en train de boire une tasse de thé vert dans la cuisine.

— Summer est une fille adorable, me lance-t-il, mais était-ce la peine de te donner tant de mal ?

— Oui, elle le mérite.

— Hum. Eh bien, j'espère qu'elle appréciera tes efforts. Et le fait que tu m'aies tiré du lit au milieu de la nuit.

Lorsque nous nous engageons dans l'allée de gravier de Tanglewood, papa klaxonne. Les jumelles apparaissent sur le pas de la porte, emmitouflées dans des manteaux et des écharpes. Elles clignent des yeux d'un air hésitant dans la lumière des phares. Je leur ai demandé de se faire belles, et je ne suis pas déçu.

Skye porte un duffel-coat vintage d'où dépasse le volant d'une jupe imprimée ; quant à Summer, elle a passé une veste de velours sur une robe en tulle rose. Dans ses cheveux, je reconnais la fleur en soie que je lui ai offerte l'année dernière, agrémentée de quelques plumes. J'ai hâte de voir son visage lorsqu'elle découvrira où nous allons.

— On était obligées de se lever aussi tôt ? bougonne Skye en montant dans la voiture. Et où est-ce que tu nous emmènes ? En Sibérie ?

— On s'y croirait déjà, réplique Summer. Je suis gelée ! Enfin… j'ai tout le temps froid en ce moment. Alors, on va où ?

— À la gare routière d'Exeter, répond papa. Je ne peux rien vous dire de plus – ma vie en dépend !

— Pourquoi tant de cachotteries ? demande Skye. Et qu'est-ce que je fais là, moi ? Tu as décidé de frimer avec deux filles à ton bras, Tommy ?

— Mince, je suis démasqué. Tu me connais par cœur, Skye Tanberry.

— Au fond, c'est chouette. J'adore les surprises.

— Mais tu nous dois une explication ! proteste Summer. On a dû se mettre sur notre trente et un à 5 heures du matin, et on ne sait même pas pourquoi…

— Oui, donne-nous un indice ! réclame Skye.

Tour à tour, elles me bombardent de questions tandis que nous roulons sur les petites routes plongées dans le noir. Je finis bientôt par céder et leur révèle que nous allons prendre le car pour Londres.

— J'en étais sûre ! s'exclame Skye. Finn est dans la confidence ? Parce que je vous préviens, s'il ne vient pas et que je dois tenir la chandelle, je serai très contrariée !

— Il nous attendra là-bas, oui.

— Youpi ! se réjouit Summer. C'est super, on sera tous les quatre, comme l'été dernier.

— Même si je lui en veux à mort, reprend Skye. Je n'ai pas eu de nouvelles de lui depuis une éternité… et pendant ce temps-là, vous complotiez derrière notre dos !

Nous arrivons à la gare routière pile à l'heure et nous installons au fond du car. Summer s'assied au milieu, entre Skye et moi. J'ai apporté un petit-déjeuner équilibré – pommes, barres de céréales et smoothies aux fruits – pour ne pas effrayer Summer. Skye, beaucoup moins regardante que moi, s'empresse d'y ajouter des tablettes de chocolat. Summer n'y touche pas, mais ça n'a pas l'air de la déranger.

— Toi aussi tu t'es fait beau, commente-t-elle lorsque je retire mon anorak. C'est ton plus beau pull de Noël, n'est-ce pas ? Que nous vaut cet honneur ?

— Rien de spécial. Mais je n'ai pas envie d'avoir l'air d'un plouc !

— On va visiter Londres ? m'interroge Skye. Je n'y suis pas allée depuis des années. La dernière fois, papa vivait encore avec nous. On était allés voir Bucking-ham Palace, la tour de Londres et le Parlement. On avait aussi pris un bus à impériale, et comme il s'était mis à pleuvoir, maman nous avait offert des parapluies...

— Avec des motifs de taxis londoniens ! ajoute Summer.

— Ensuite, maman était entrée dans une boutique pour nous acheter des tee-shirts, et des sandwichs parce qu'on mourait de faim. On avait raté notre train et papa avait dû payer un supplément pour qu'on prenne le suivant, et ils avaient passé le chemin du retour à se disputer.

— Coco n'arrêtait pas de pleurer, enchaîne Summer. Elle devait avoir quatre ans...

— Que de bons souvenirs, conclut Skye. Enfin non, pas vraiment.

— Aujourd'hui ce sera mieux, je leur promets.

— Normal, fait Skye. Puisque papa ne sera pas là. Il n'a jamais été doué pour les sorties en famille.

— Il n'a jamais été doué pour la famille en général, résume Summer.

Elle bâille et pose sa tête sur mon épaule avant d'ajouter :

— Ne t'en fais pas, Tommy. Quoi que tu aies prévu, je sais qu'on va passer une super journée.

Pourvu que je ne la déçoive pas...

Finn nous retrouve comme convenu à la gare Victoria, très cool dans une vieille veste de costume aux manches remontées sur le tee-shirt d'un groupe de rock alternatif qui m'est totalement inconnu. Aussitôt, je regrette d'avoir mis un pull en laine et un anorak. Moi qui visais le style décalé, je crains soudain de passer pour un ringard. C'est déprimant.

— Venez, lance Finn aux deux filles. Votre surprise vous attend ! Suivez-moi…

— Où ça ? demande Skye.

— Au bout du monde ! Enfin, on va commencer par le marché couvert de Covent Garden. Je me suis dit qu'on pourrait y déguster un brunch d'anniversaire en attendant le Cadeau Spécial.

— Génial, acquiesce Skye. Je meurs de faim.

Summer me jette un regard inquiet et glisse sa main dans la mienne. Finn fend la foule en direction des escalators du métro. Nous nous entassons dans un wagon bondé.

Une fois arrivés à destination, nous déambulons un moment sur la place envahie de touristes et d'artistes de rue. Nous admirons un cracheur de feu et deux acrobates, puis nous nous demandons comment un homme peint en doré parvient à rester assis les jambes croisées dans les airs, en lévitation sur un bâton. Enfin, Finn jette un œil à sa montre et nous conduit vers un café qui propose un menu diététique.

Summer commande des œufs pochés aux épinards, dont elle mange quelques bouchées.

— C'est quoi, la surprise ? me répète-t-elle pour la millième fois. Tu ne veux rien nous dire ? Ou alors, c'est juste une journée à Londres ? Parce que c'est déjà fantastique… mais comme Finn a parlé d'un Cadeau Spécial…

Devant son regard plein d'espoir, je devine qu'elle commence à assembler les pièces du puzzle.

— Un peu de patience. Tu sauras bientôt tout.

Nous réglons l'addition et enfilons nos manteaux avant de ressortir dans le froid. Finn et moi échangeons un regard complice.

— OK, allons-y ! je lance. Fermez les yeux.

— Tu plaisantes, pas vrai ? proteste Skye.

Mais Finn l'entraîne déjà. Summer sourit nerveusement, les paupières closes. Elle n'ose pas encore y croire.

Je la prends par la main et la guide à travers la foule. Nous nous arrêtons à l'autre bout de la place.

— C'est bon, vous pouvez regarder ! j'annonce.

À cet instant, une joie intense se peint sur le visage de Summer.

— L'Opéra royal… souffle-t-elle. *Roméo et Juliette !* Oh, Tommy ! C'est trop beau pour être vrai !

4

Comme Finn a déjà récupéré les billets, nous laissons nos manteaux au vestiaire et montons l'escalier qui mène à la partie amphithéâtre, tout en haut, là où se trouvent les places les moins chères. Il va nous falloir un télescope pour voir les danseurs, mais peu importe.

On se croirait dans un palais.

Comme dans un rêve, Summer avance au ralenti sur l'épaisse moquette. Elle s'approche de la rambarde afin de contempler les balcons, les baignoires et la scène encore masquée par de lourds rideaux de velours pourpre. Puis ses yeux se posent sur les fauteuils rouge et doré des loges d'honneur.

Elle est parfaite dans sa robe rose pâle dont le tissu léger évoque un tutu de danseuse. La fleur et les plumes de ses cheveux accrochent la lumière lorsqu'elle se penche, fascinée, pour admirer la salle.

Je la rejoins.

— Alors, tu es heureuse ? je lui demande.

— Très ! Tommy, c'est la plus belle surprise qu'on m'ait jamais faite. Tu es le meilleur petit copain du monde. C'est génial ! J'ai toujours rêvé de venir ici.

— Je sais.

— Ça a dû te coûter une fortune !

— J'avais des économies. Et je voulais marquer le coup.

Elle m'embrasse sur le bout du nez, puis m'attrape par la main et pirouette devant moi en riant. Cet instant à lui seul justifie tous mes efforts.

Je vais m'asseoir, mais Summer reste debout au bord du balcon pendant que les musiciens commencent à s'accorder. Autour de nous, le théâtre se remplit lentement. Je gigote sur mon siège, mal à l'aise dans mon pull de Noël. Je ne me sens pas à ma place, et je suis bien content que Skye et Finn soient là. J'ai l'impression de ressembler à un épouvantail à côté des vieux messieurs en nœud papillon et des jeunes hommes en veste de velours et foulard imprimé. Quant aux femmes, elles font presque peur, surtout les vieilles dames aux chemisiers ornés de grosses broches clinquantes. Summer suit du regard une famille en train de s'installer : les parents sourient à leurs deux petites filles vêtues de robes de satin assorties, avec socquettes de dentelle blanche et chaussures vernies.

Songe-t-elle à l'époque où elle avait le même âge et venait de découvrir la danse ?

Quand Finn s'éclipse pour aller acheter un programme, Skye se tourne vers moi.

— Tu tiens beaucoup à ma sœur, hein ?

Nous regardons Summer, magnifique et délicate au milieu de ce décor somptueux.

— Évidemment, je réponds. Ce n'est pas nouveau.

— Tu t'es donné du mal pour organiser cette journée. Et c'est gentil de nous avoir proposé de venir, à Finn et moi.

— J'ai besoin de votre soutien psychologique. Vous vous rendez compte, moi, Tommy Anderson, à l'Opéra ! En plus, *Roméo et Juliette* est un des ballets les plus romantiques… J'ai beau avoir l'air calme, je suis terrifié !

— Ça n'a pas d'importance. Tu es quelqu'un de bien.

— Merci… en tout cas, j'essaie !

— Par contre, ne le prends pas mal, mais tu ne devrais pas te faire trop d'illusions. J'ai compris ce que tu as derrière la tête…

— Comment ça ? Je voulais juste organiser un anniversaire inoubliable pour les deux filles que je préfère.

— Tu t'inquiètes pour Summer, comme moi. Comme nous tous. Tu ferais n'importe quoi pour qu'elle aille mieux, pour qu'elle retrouve le sourire. Et comme elle adore la danse, tu t'es dit que l'inviter ici serait une excellente idée. C'est adorable de ta part. Mais ça risque aussi d'être difficile pour elle. Tu comprends ?

— Oui, mais… c'est ce qu'elle aime le plus au monde, n'est-ce pas ? Ne t'en fais pas, Skye, tout ira bien.

— Le problème, c'est que Summer rêvait de *danser* à l'Opéra royal. Et aujourd'hui, elle sait que ce rêve ne se réalisera jamais.

— Pas sûr.

— Si.

J'ai beau refuser de l'admettre, je sais qu'elle a raison.

— Que les choses soient claires, reprend-elle. Moi aussi j'aimerais y croire – presque autant que Summer elle-même. Mais il faut être réaliste, Tommy. Elle est malade. Elle n'est plus en état d'intégrer une école de danse, ni de s'entraîner avec des professionnels. Et il y a peu de chances que cela change un jour. Elle deviendra peut-être professeur, ou chorégraphe ; elle pourrait aussi monter une boutique d'accessoires de danse pour garder un pied dans le milieu. Mais elle ne sera jamais ballerine. Elle est trop fragile pour ça. Elle ne supporterait pas la pression.

Un frisson de colère et de frustration me parcourt le corps. Je hais la maladie de Summer de tout mon être, parce qu'elle l'a privée de son rêve. Ce n'est pas juste. J'ai envie de donner un coup de poing dans les moulures dorées des murs de l'Opéra, de défoncer la rambarde du balcon, de détruire cet endroit. Sauf que ça ne réglerait rien.

— Il y a toujours de l'espoir, je réponds. Elle va guérir – elle est déjà plus forte de jour en jour. Peut-être que ce spectacle agira comme un déclencheur et lui donnera envie de se battre à nouveau.

Au fond de moi, je sens pourtant que courir après un rêve impossible n'aidera pas Summer. Au contraire, cela pourrait même la faire régresser, la replonger dans les abîmes de son anorexie. Lorsqu'elle vient s'asseoir près de nous, je lis de la tristesse dans ses yeux.

Pourvu que Skye se trompe…

5

Finn revient juste avant que la lumière s'éteigne et que l'orchestre attaque l'introduction. La musique emplit l'auditorium et, lorsqu'elle atteint son point culminant, le rideau se lève sur un décor de marché historique. Même si le ballet n'est pas vraiment mon truc – j'ai un peu de mal avec les hommes en collant –, je m'aperçois que l'histoire est facile à suivre. Des jeunes garçons tentent de séduire des jeunes filles, comme cela arrive chaque jour dans notre collège. Deux familles rivales se battent à coups de couteau et d'épée, jusqu'à ce qu'un type très riche vienne s'interposer.

C'est moins ennuyeux que je le craignais.

La danseuse qui interprète Juliette est blonde et très belle. Je me prends à imaginer qu'il s'agit de Summer et que je suis son Roméo, même s'il y a peu de chances que je m'habille comme lui un jour. Après une scène d'amour un peu mièvre entre les deux héros, c'est l'entracte. Skye avait tout faux : rayonnante, Summer m'explique que les familles s'appellent Montaigu et

Capulet, que Juliette est censée avoir quatorze ans, que Margot Fonteyn et Rudolf Noureev ont dansé les rôles-titres dans les années soixante sur ces planches. Elle feuillette le programme et me lit le casting à haute voix, pendant que Skye et Finn font la queue pour acheter des glaces. Puis les spectateurs reprennent leurs places, et le deuxième acte commence.

Cette fois, il est question de mariage secret et de meurtre. Summer se penche en avant, les yeux écarquillés, pour ne pas perdre une miette du spectacle.

Pendant le second entracte, elle retourne s'appuyer à la rambarde du balcon afin de contempler la salle et le public.

Je la rejoins.

— J'aurais aimé pouvoir nous offrir de meilleurs sièges. Mais ces gens en bas doivent être million-naires.

— Je m'en moque. La seule chose qui compte, c'est que je sois ici, avec toi. Je suis très touchée par ce cadeau, Tommy. Tu es génial !

Je rougis encore du compliment quand les lumières s'éteignent. Le dernier acte est complètement dingue. Il y a des potions de sommeil, des fioles de poison et des lettres secrètes qui ne sont jamais remises à leurs destinataires. Plus la tension augmente, plus la mu-sique monte en puissance. Croyant à tort que Juliette est morte, Roméo s'empoisonne, et lorsque son amante se réveille et s'en aperçoit, elle se tue d'un coup de poignard… et c'est la fin. Le rideau retombe sur leurs deux cadavres.

Je ne sais pas à quoi je m'attendais, mais pas à ça. Je croyais que les histoires d'amour mièvres finissaient toujours bien. Apparemment, je me suis trompé.

Un tonnerre d'applaudissements s'élève dans la salle, et les danseurs reviennent sur scène pour le salut. Roméo et Juliette ont miraculeusement ressuscité. Une petite fille bouclée tend un bouquet presque aussi grand qu'elle à la danseuse étoile. Des roses rouges et blanches.

Lorsque je me tourne vers Summer, je m'aperçois que des larmes roulent sur ses joues. Ça, ce n'était pas prévu. Je murmure :

— Désolé… je ne savais pas que l'histoire était si triste. C'est un peu déprimant.

Elle se contente de hocher la tête et se cache derrière ses cheveux.

— Ça va ? lui demande Skye. Summer, qu'est-ce que tu as ?

Sa jumelle se met à sangloter sans pouvoir s'arrêter, le corps secoué de gros hoquets. Autour de nous, les gens qui commencent à se lever pour sortir nous regardent bizarrement. Skye enlace sa sœur et lui parle doucement à l'oreille, mais les larmes de Summer reprennent de plus belle.

— Qu'est-ce qu'on peut faire ? m'interroge Finn, perdu. Peut-être qu'une tasse de thé lui ferait du bien ?

— Je n'en sais rien, Finn.

— Summer, parle-moi, supplie Skye.

Mais elle est incapable de prononcer un mot. Skye me jette un regard lourd de reproches. Tout est ma faute. Finn et elle m'avaient prévenu. Je me suis cru plus malin, et j'ai eu tort. Je finis par intervenir.

— Vous pouvez nous laisser un peu seuls ?

Bien que Skye n'ait pas l'air convaincue, ils se dirigent vers la porte. Des femmes de ménage arrivent et se mettent au travail. Profitant du bruit de l'aspirateur qui masque notre conversation, je m'assieds près d'elle et la prends dans mes bras.

— Je pensais te faire plaisir. Je ne m'attendais pas à ce que ce soit si triste.

Les pleurs de Summer se calment. Elle reprend son souffle.

— Ce n'est pas ça, me répond-elle enfin. Le ballet était magnifique. Incroyable. J'ai adoré.

— Alors, qu'est-ce qui cloche ?

Elle s'essuie les yeux du revers de la main.

— Tu ne comprends pas. Personne ne comprend. Cet endroit… il signifie beaucoup pour moi. Il est lié à mes rêves d'autrefois, des rêves qui ne se réaliseront jamais. J'ai tout gâché, Tommy.

— Bien sûr que non ! Ne dis pas ça !

— Si, c'est vrai. La danse est une discipline exigeante. J'ai échoué, et j'ai manqué ma chance d'intégrer une école prestigieuse non pas une fois, mais deux. On n'en a pas de troisième dans ce milieu. Il faut que je l'admette : je ne suis pas taillée pour une carrière de danseuse. La pression est trop importante pour moi. Ça me fait paniquer, perdre mes moyens. Et parfois, j'ai peur que ma maladie me dévore et qu'il ne reste plus rien de moi.

Cette pensée me donne la chair de poule.

— Tu vas guérir. Ce n'est qu'un petit contretemps. Bientôt, tu iras mieux et…

— Et il sera trop tard. Trop tard pour mon rêve. Danser sur la scène de l'Opéra royal ? Autant demander la lune. Ça n'arrivera jamais. Mais tu n'y es pour rien, Tommy. Et je suis très heureuse d'être ici, je te le jure.

Elle s'essuie de nouveau les yeux et redresse la tête. Je regarde l'auditorium vide dans lequel les femmes de ménage s'affairent. Celles qui nous entourent ont conscience qu'il se passe quelque chose, mais elles respectent notre tristesse et notre intimité. Je reprends la parole.

— Les rêves se réalisent parfois d'une manière inattendue, tu sais.

— Pas tous. Pas le mien.

— Tu me fais confiance ?

Summer lève ses grands yeux bleus vers moi.

— Évidemment.

C'est tout ce que j'avais besoin d'entendre. Je me redresse d'un bond, la prends par la main et l'entraîne derrière moi. Finn et Skye sont adossés au mur, en haut de l'escalier. Nous les dépassons en courant et dévalons les marches quatre à quatre.

— Qu'est-ce qui vous arrive ? crie Finn dans notre dos.

Je regarde Summer. Un sourire se dessine sur ses lèvres, et bientôt elle éclate d'un rire franc et joyeux. Nous nous arrêtons devant les portes moulurées qui conduisent à la fosse d'orchestre. Je me tourne vers Finn et Skye, et je lance :

— On réalise nos rêves !

6

Alors que je m'apprête à pousser la porte, elle s'ouvre sur un petit groupe de femmes de ménage en uniforme. Trois d'entre elles disparaissent au bout du couloir avec leurs chiffons et leurs aspirateurs, tandis que la dernière s'apprête à fermer à clé.

— Attendez ! je m'écrie. J'ai oublié mon téléphone à l'intérieur. Il coûte très cher – mon père va me tuer si je le perds !

— Il n'y est pas, me répond-elle. On a tout nettoyé et on n'a rien trouvé. Désolée.

— Si, si, je sais exactement où il est. C'était idiot de ma part, je l'ai caché sous le siège. Si vous voulez bien nous laisser entrer, ça ne prendra qu'une minute.

— S'il vous plaît ! insiste Summer. Il va avoir des problèmes. Son père est très sévère.

La femme hésite. Elle est presque convaincue. Mais elle secoue la tête.

— Impossible, conclut-elle. Je suis navrée, mais je ne peux pas risquer mon poste de chef d'équipe pour ça. Passez à l'accueil et expliquez-leur la situation.

Ils enverront quelqu'un chercher votre téléphone. Et si on nous le rapporte, on vous préviendra.

Mon cœur se serre. Finn et Skye apparaissent derrière elle. Il est temps de partir.

C'est alors que Finn se met à hurler :

— Au secours ! Au secours ! Il y a un vieux monsieur là-haut qui fait une crise cardiaque. Il étouffe et il est tout pâle… venez vite !

Finn a raison de vouloir faire du cinéma. C'est un acteur-né !

— Dépêchez-vous, c'est peut-être une question de vie ou de mort ! ajoute-t-il.

— Mais, je… proteste la femme.

Finn l'entraîne vers les escaliers. Aussitôt, je pousse la porte de l'auditorium et me glisse à l'intérieur avec Summer.

La salle est déserte sous les lumières tamisées. Nous descendons au premier rang et longeons la fosse d'orchestre vide jusqu'aux petites marches qui conduisent à la scène.

Je tiens la main de Summer pour l'aider à monter. Elle jette un regard inquiet autour d'elle, craignant sans doute que la femme de ménage débarque ou qu'une sirène se déclenche pour prévenir le monde entier que la fille la plus sage du pays viole le règlement. Mais rien ne se passe.

— Vas-y, je souffle. On y est. C'est ton moment !

Elle me dévisage. Je me demande si elle va renoncer, mais elle finit par me lancer ses chaussures et son gilet. Elle reste immobile une minute, frissonnante dans sa robe de tulle rose.

Elle semble tellement perdue, tellement hésitante… Et si c'était une mauvaise idée ?

Puis elle lève les yeux vers la salle comme si elle contemplait un public invisible. Elle redresse le menton, sourit, et je comprends qu'elle entend et voit des choses qui m'échappent.

Alors, debout sur la pointe des pieds, elle se met à danser. Au début, ses mouvements sont lents et précautionneux. Elle ne dispose que de la petite bande de scène située devant le rideau. Mais peu à peu, elle prend confiance en elle. On dirait qu'elle danse là tous les jours. Elle s'élance et enchaîne les pirouettes dans un tourbillon de tulle, les bras tendus au-dessus de la tête.

C'est magnifique. Sa chorégraphie délicate gagne progressivement en intensité, devient frénétique. Il n'y a pas de musique, mais je l'entends résonner dans mes oreilles, je la sens monter crescendo tandis que Summer bondit et virevolte dans la pénombre, forte, sûre d'elle, parfaite. Une bouffée d'amour et de fierté m'envahit. Je suis certain que personne n'a jamais aussi bien dansé qu'elle en cet instant. Elle danse mieux que lors de son audition sur *L'Oiseau de feu*, mieux que Juliette, mieux que le cygne blanc de son ballet préféré. Elle est magique. C'est son histoire qu'elle raconte, et je ressens chacune des émotions qu'elle fait passer. J'ai l'impression que mon cœur va exploser de bonheur.

Un rêve prend vie sous mes yeux, et je ne veux surtout pas me réveiller.

Soudain, un projecteur s'allume au-dessus de nous. Sans hésiter, Summer offre son visage à la lumière comme si elle réalisait enfin qu'elle est là, à Londres, sur la scène de l'Opéra royal. Elle a parcouru beaucoup de chemin depuis le jour où, petite fille, elle dansait dans la salle de l'école en faisant valser ses tresses. Mais c'est la même force, la même joie qui l'habitent aujourd'hui.

Lorsqu'elle s'incline en une ultime révérence, je m'aperçois que mes joues sont trempées de larmes. Je me dépêche de les essuyer avant de l'applaudir. Des clappements de mains s'élèvent de la salle, et lorsque je me retourne, je découvre Finn, Skye et plusieurs femmes de ménage dans l'un des balcons. D'autres applaudissements, un peu étouffés, résonnent dans les coulisses, et quelqu'un siffle depuis les cintres avant d'éteindre le projecteur.

C'est alors que se produit une chose incroyable.

Une silhouette apparaît sur le côté. Ses cheveux blonds tressés sont retenus par une multitude d'épingles, et elle porte encore son maquillage de scène.

Je reconnais la danseuse qui interprétait Juliette, celle qui m'a fait penser à Summer. Je retiens mon souffle.

Derrière elle, une poignée d'autres artistes s'avancent en souriant.

— C'était merveilleux, déclare la jeune femme. Nous n'avons pas l'habitude que l'on danse pour nous, surtout avec autant de passion. Bravo !

Le visage de Summer rayonne et son regard s'illumine, comme je l'espérais depuis si longtemps.

— Juliette, murmure-t-elle. Vous étiez incroyable…

La danseuse prend son bouquet de roses rouges et blanches des mains d'un de ses camarades.

— C'est toi qui es incroyable, répond la danseuse. Vraiment. Tiens, tu les mérites.

Puis elle lui fait la bise et repart vers les coulisses. Summer se retrouve seule dans la pénombre, des fleurs plein les bras et un immense sourire aux lèvres. Elle sait qu'elle ne dansera sans doute plus jamais sur cette scène, qu'elle ne recevra pas d'autre bouquet comme celui-là… mais en cet instant, elle vit un rêve éveillé.

Quand les portes s'ouvrent pour laisser passer Finn, Skye et la responsable de l'équipe de ménage, Summer est déjà en train de remettre ses chaussures. Anticipant les reproches, je m'écrie :

— On s'en va, on s'en va ! Je me suis trompé, en fait, j'ai oublié mon téléphone chez moi. Merci quand même…

Les yeux rivés sur Summer, la femme ne me répond pas. Lorsque nous nous faufilons devant elle pour sortir, elle lui effleure le bras en disant :

— C'était très beau.

Après avoir récupéré nos manteaux au vestiaire, nous émergeons dans la lumière déclinante de la fin d'après-midi. Les boutiques de Covent Garden sont illuminées, mais rien ne peut rivaliser avec l'éclat du regard de Summer.

— Tommy, je retire tout ce que j'ai dit, déclare Skye. Tu es un génie. Je ne douterai plus jamais de toi.

— Bien joué, mon pote, renchérit Finn. Sacrée journée.

Summer, elle, garde le silence. Elle se contente de serrer ma main très fort avant de m'entraîner en tourbillonnant à travers la place. Finn et Skye se lancent à notre poursuite en riant comme des fous, jusqu'à ce que la mère de Finn vienne nous chercher pour nous ramener à la gare routière.

Sur le chemin du retour, Summer serre son bouquet contre elle et respire à pleins poumons le doux parfum des roses.

— Je peux dire sans hésiter que ce sont les plus belles fleurs de Saint-Valentin que j'aie jamais reçues, me confie-t-elle. Et que je recevrai sans doute jamais ! Merci !

— Très originale, ta méthode de livraison, renchérit Skye. Je suis épatée.

— Oh, ce n'est pas grand-chose. Vous savez, j'ai des amis très haut placés.

Je souris malgré moi. Parfois, l'imprévu se révèle encore plus merveilleux que tout ce qu'on a pu organiser.

Tandis que le car sort de la ville, Skye s'endort, pelotonnée sur son siège. Summer se blottit dans mes bras en répétant que c'était le plus bel anniversaire et la meilleure Saint-Valentin de sa vie. En la serrant contre moi, je me rends compte qu'elle paraît plus forte et peut-être un peu moins perdue qu'à l'aller.

Je suis le garçon le plus chanceux de la terre.

— J'ignorais que tu avais des talents cachés, Tommy Anderson, murmure-t-elle. Tu as le don de réaliser les rêves.

— Je n'y suis pour rien. C'est toi qui as assuré. Je me suis contenté de faire diversion, avec un petit coup de main de la part de Finn.

— N'empêche que, sans toi, ça ne serait pas arrivé. Tu es le meilleur petit copain du monde. Je n'ai pas intérêt à te lâcher.

— Non, tu n'as pas intérêt.

Je pose mes lèvres sur ses cheveux, et nous restons ainsi jusqu'à la fin du trajet.

Dans l'ombre
des projecteurs

Chère Summer,

J'ai recommencé cette lettre un million de fois, et je ne sais pas quoi te dire à part que je suis vraiment, vraiment désolée. On partageait le même rêve, les mêmes espoirs, mais j'ai toujours su que tu étais la plus douée de nous deux. Je n'aurais jamais pu entrer à la Rochelle Academy, cette place aurait dû te revenir… mais tu es tombée malade.

C'est très bizarre. J'ai l'impression d'être la fille la plus chanceuse de la terre, et deux minutes après, je suis envahie par un sentiment de culpabilité tellement violent que j'ai du mal à respirer. Si j'ai obtenu ce que je voulais, c'est parce que toi, tu ne vas pas bien. Souvent, la nuit, quand je n'arrive pas à dormir, je me demande si tu me pardonneras un jour.

Je suis tellement, tellement navrée de ce qui s'est passé. J'aurais aimé qu'il en soit autrement, que tu guérisses et qu'on se retrouve ici toutes les deux. Peut-être que, dans ces conditions, j'aurais eu moins peur.

Je t'embrasse très fort,
Jodie

1

— **S**alut, me lance Grace, une de mes trois camarades d'internat, tandis que je déballe mes affaires dans notre chambre bleu ciel. Tu dois être Summer Tanberry.

— Euh, non. Je m'appelle Jodie, Jodie Rivers.

Grace fronce les sourcils.

— Pourtant, d'après le courrier que j'ai reçu, je devais loger avec Naomi Prince, Olivia Mulgrave et Summer Tanberry ! Il doit y avoir une erreur.

J'essaie de garder un ton enjoué.

— Summer n'a pas pu venir. Elle est tombée malade et a dû abandonner. Moi, j'étais sur la liste d'attente.

— Oh, je vois, murmure Grace en échangeant un regard avec les deux autres. La liste d'attente…

Je tente de sourire, mais je devine que leur opinion est déjà faite. Ces filles sont toutes minces, longilignes et discrètes, avec un port de tête et des chignons blonds parfaits. Je ne leur ressemble pas. Je suis ronde et bavarde, et mes longues boucles brunes indisciplinées finissent toujours par se détacher, quelle que soit la quantité d'épingles et de laque que j'utilise.

Je suis une des rares élèves ayant obtenu une bourse au mérite en plus d'avoir réussi l'audition. Alors pourquoi est-ce que je me sens si peu à ma place ?

Grace, Naomi et Olivia me sourient poliment, puis continuent à disposer des cadres sur leurs tables de nuit et à ranger des vêtements dans leurs commodes. Je ne suis pas certaine de pouvoir tenir dix minutes de plus dans cet endroit, sans parler des six semaines qui me séparent des prochaines vacances. Comment ai-je pu penser que c'était une bonne idée ? J'aimerais retourner dans mon ancienne école, où je n'avais plus à prouver ma valeur. Comme j'étais en compétition avec Summer, je ne m'étais pas projetée à la Rochelle Academy. Quand on m'a offert une chance d'y entrer, j'étais folle de joie, évidemment. Mais je ne me suis sans doute pas assez préparée, et j'ai peur de ne pas être à la hauteur.

Mes parents sont partis depuis une heure, et j'ai déjà envie de les appeler pour qu'ils reviennent me chercher. Mais je ne suis pas du genre à baisser les bras. Et j'ai toujours rêvé d'un internat comme celui-là.

Enfin, je crois.

Summer se serait intégrée sans problème ; elle aurait charmé tout le monde et se serait fait trois nouvelles amies en un clin d'œil. Dommage pour Grace, Naomi et Olivia ; elles vont devoir se contenter de moi.

Quelqu'un frappe à la porte.

— Qui ça peut bien être ? murmure Olivia.

Je me lève en riant, amusée par sa timidité, et découvre quatre filles derrière le battant.

— Salut ! lance une jolie Indienne. On est vos voisines d'à côté ! Je m'appelle Priya, et voici Annabel, Tasha et Niamh… on peut entrer ? On a apporté des cadeaux de bienvenue !

Quelques minutes plus tard, serrées à huit dans notre petite chambre, nous partageons des biscuits au chocolat et du jus d'orange en nous racontant d'où nous venons et à quel point nous sommes excitées d'être là. La glace est brisée. Nos voisines sont sympas, ouvertes et drôles ; soudain, mes colocataires ont l'air moins sûres d'elles, moins parfaites qu'à mon arrivée. Elles sont peut-être aussi stressées que moi, au fond. Nous pourrions finir par nous entendre.

L'espoir renaît en moi, et j'oublie un peu mon impression de n'être qu'un second choix. C'est un nouveau départ pour nous, dans une nouvelle école dirigée par la célèbre danseuse Sylvie Rochelle. Ici, tout semble possible.

— Les cours démarrent demain matin, annonce Tasha, une jeune fille noire et svelte à la coiffure tressée magnifique. Je n'ai pas très envie de me remettre aux maths et aux sciences, surtout qu'on commence à 8 heures. Enfin, il va falloir s'y habituer !

— Au moins, on sera débarrassées à midi, je souligne. Ensuite, après la pause déjeuner, imaginez un peu… on aura un après-midi entier de danse ! Et ce sera comme ça chaque jour de la semaine, plus le samedi en option. Le rêve !

— J'ai peur de ne pas tenir le rythme, confesse Naomi. Jusqu'ici, je n'ai jamais pris plus de trois cours par semaine…

— Et moi deux, renchérit Annabel. Je vais être complètement à la traîne.

C'est bien ce que je pensais : malgré leur calme et leur apparente perfection, elles sont aussi nerveuses que moi.

Même Grace hoche la tête.

— Je crois que c'est normal de ressentir de l'appréhension. Il faut dire que, chez nous, on était les meilleures danseuses de l'école ; ici, ça va être différent !

Je garde le silence. Moi, je n'étais même pas la meilleure. Ça a toujours été Summer. Le doute m'envahit de nouveau, mais je le repousse dans un coin de mon esprit et déclare :

— L'essentiel, c'est qu'on puisse compter les unes sur les autres.

Mes nouvelles camarades m'écoutent avec attention, comme si je m'apprêtais à dire quelque chose de très important.

— Nous avons toutes rêvé de cette école. Aujourd'hui, nous faisons partie des trente privilégiées de notre section. C'est génial, non ? Je ne dis pas que ce sera facile, au contraire. On risque de souffrir, et il y aura sûrement des moments de découragement où nous regretterons d'avoir passé cette audition… mais nous devons nous réjouir d'être là. Nous n'avons pas besoin d'être en compétition. Franchement, la danse implique déjà suffisamment de pression comme ça. Il faut qu'on soit amies et qu'on se soutienne.

— Jodie a raison, confirme Priya. Si on se serre les coudes, on y arrivera. Pour moi, le plus dur sera d'être séparée de ma famille. Je suis à des centaines de kilomètres de chez moi, alors je ne pourrai même pas rentrer à toutes les vacances !

— Moi, c'est mon copain qui va me manquer, enchaîne Naomi. On ne sort ensemble que depuis six semaines, mais je tiens beaucoup à lui. Ça va faire bizarre de rester tout le temps entre filles…

— D'un autre côté, dit Niamh, il n'y aura pas de garçons pour nous distraire ou nous casser les pieds…

— Mais pas non plus d'amourettes, conclut Priya d'une voix triste.

— Et on est la plus âgée des trois promos de l'école, nous rappelle Olivia. On n'aura personne à admirer, personne à qui demander conseil. On va se sentir seules !

Nous réfléchissons en silence à la perspective des longues semaines de travail acharné qui nous attendent. Ce n'est pas très réjouissant. Naomi renifle une ou deux fois, les yeux humides, et je comprends qu'à moins d'agir rapidement, cette petite réunion improvisée va se terminer dans les larmes.

Alors je me lève d'un bond puis attrape Priya et Tasha par la main.

— Venez ! Allons explorer les lieux. C'est excitant, non ? J'ai l'impression d'être Harry Potter à l'école des sorciers – sauf que les pointes et les justaucorps ont remplacé les baguettes magiques !

Grace étudie le dépliant de bienvenue qu'on nous a remis.

— Le dîner d'accueil aura lieu à 18 heures, lit-elle. En attendant, les élèves sont invités à déballer leurs affaires et à se présenter à leurs camarades de chambre. Ils peuvent également se retrouver dans le foyer du premier étage…

— Allons-y, j'insiste. Ça nous changera les idées.

Nous ne tardons pas à localiser le foyer, une grande pièce lambrissée au parquet couvert de vieux tapis persans. Elle est meublée de quatre canapés dépareillés, de plusieurs gros poufs et d'une table basse en bois verni. Au fond, un poêle imposant dégage une odeur réconfortante de feu de bois qui me rappelle les fêtes sur la plage de mon enfance.

Les quatre élèves avachis autour n'ont rien à voir avec les ballerines que j'ai rencontrées jusque-là.

Ils lèvent les yeux vers nous en souriant.

— Oh. Mon. Dieu… souffle Tasha. Des garçons !

Finalement, il semblerait que la Rochelle Academy ne soit pas réservée aux filles…

7 octobre

Chère Summer,

J'espère que tu as reçu ma dernière lettre. Je sais que tu n'es pas très en forme, et me répondre ne fait sans doute pas partie de tes priorités, mais je croise les doigts pour que tu ne m'en veuilles pas d'avoir pris ta place à la Rochelle Academy. J'ai beau être quasiment sûre que non, tu me connais… je suis d'un naturel inquiet.

Je commence à me sentir chez moi ici. Mes meilleures amies s'appellent Naomi et Tasha, et il y a aussi un garçon, Sparks. Oui, je sais… un garçon ! Je pensais que l'école serait réservée aux filles, mais en fait, notre promo compte quatre garçons. Tu te rends compte ? Sparks, Josh, Matt et un Français, Sébastien Dubois, le filleul de Sylvie Rochelle. Cool, non ? Je te laisse imaginer l'ambiance qui règne ici ! Plusieurs de mes camarades craquent pour Sparks, mais les filles ne sont pas trop sa tasse de thé, si tu vois ce que je veux dire. Il est drôle et super sympa. C'est grâce à lui que je ne suis pas encore devenue folle.

À part ça, j'adore les cours de danse classique, mais je ne comprends rien à la danse contemporaine… le profes-

seur doit me trouver nulle. Il n'arrête pas de parler de ressentir la musique et de se laisser aller ; mais moi, sans chorégraphie, je suis perdue. Toi par contre, je suis sûre que ça te plairait ! Voilà pour les dernières nouvelles.

Il ne reste que deux semaines avant les vacances. On va pouvoir en profiter pour se voir, ce sera plus facile que les lettres ! Est-ce que tu préfères que je te téléphone avant de passer ? J'espère que tout va bien pour toi et que tu te sens mieux. Qui sait, tu pourras peut-être repasser l'audition l'année prochaine et me rejoindre ici !

Ton amie qui t'adore,
Jodie

2

Assis sur mon lit, Sparks ébouriffe et crêpe ses cheveux blonds jusqu'à ressembler à un porc-épic punk. Il termine son œuvre par un nuage de laque, tout en pestant à propos des maths.

— Les fractions, les équations et les racines carrées, ça ne sert à rien ! ronchonne-t-il. Je n'en aurai pas besoin quand je serai un danseur célèbre, alors pourquoi me prendre la tête avec ça aujourd'hui ? C'est cruel. Si ça se trouve, c'est considéré comme une torture dans certains pays.

— N'importe quoi, je réponds sans lever le nez de mon cahier d'exercices. Les maths, c'est important. Tu seras bien content d'avoir quelques notions quand tu devras négocier ton salaire au Ballet royal !

— Si seulement…

La porte s'ouvre sur Grace, qui paraît contrariée de voir Sparks dans notre chambre.

— Qu'est-ce qu'il fiche ici ? Les garçons n'ont pas le droit de traîner dans les dortoirs des filles, Jodie. Imagine que je sorte de la douche ! Le règlement, ce n'est pas pour les chiens.

— Euh, salut ! intervient Sparks. Je suis là, je te signale. Tu peux t'adresser directement à moi. Et tu ne sors pas de la douche, donc je ne risque pas de m'évanouir à la vue de tes chevilles nues. Il n'y a pas de quoi en faire un fromage. On discutait en révisant nos maths, ce qui à ma connaissance n'est ni illégal, ni dangereux pour l'avenir de la société. Arrête un peu de créer des problèmes là où il n'y en a pas…

— Sparks est un ami ! je renchéris.

— Mais c'est un *garçon*.

— Aux dernières nouvelles, oui, confirme Sparks.

— Tu as utilisé ma brosse ! s'exclame soudain Grace. Et ma laque ! Sparks, tu passes plus de temps ici que dans ta propre chambre. Franchement, j'en ai marre !

Sparks soupire, se lève et traverse la pièce en un superbe grand jeté, avant de faire la révérence et d'envoyer un baiser à Grace.

— Merci pour la laque, lance-t-il. La prochaine fois, prends plutôt la version extra-forte. Je sais que tu détestes avoir le moindre cheveu qui dépasse.

Sur ces mots, il s'enfuit en courant dans le couloir. Je le suis en réprimant un fou rire. Grace n'a pas toujours bon caractère, et elle est très maniaque. Par moments, j'ai l'impression que ma seule présence la dérange, comme si le simple fait que je respire, que je parle ou que j'exprime une opinion était source de désordre.

Lorsqu'elle devient trop insupportable, je me réfugie dans le foyer ou je sors prendre l'air. Vivre vingt-quatre heures sur vingt-quatre avec une trentaine de garçons et de filles dingues de ballet peut parfois devenir pesant.

— Grace est pénible ! gémit Sparks en s'affalant sur un pouf.

Quelques élèves regardent un DVD à l'autre bout de la pièce. Les dialogues du film couvrent nos voix.

— Je crois qu'elle est jalouse de toi, Jodie, reprend mon ami. Elle a peur que tu décroches le premier rôle du spectacle de Noël.

— Ou alors, elle me déteste. Elle est tellement sérieuse, tellement déterminée... elle finira sûrement par intégrer une compagnie prestigieuse. Franchement, elle n'a pas grand-chose à craindre de moi. Contrairement à la plupart des filles de cette école, je n'ai pas un physique de danseuse classique. Et je ne suis pas assez douée pour une carrière solo. Je ne comprends même pas qu'on m'ait acceptée ici.

Sparks lève les yeux au ciel.

— On t'a acceptée parce que tu es incroyable ! Tu as un talent inné qui émane de tous les pores de ta peau. Grace en a conscience, et ça la contrarie, parce qu'elle aura beau travailler comme une folle, ce genre de choses ne s'acquiert pas. Et je ne vois pas pourquoi tu ne serais pas soliste. Tu devrais te mettre davantage en avant, tu sais !

— Je préfère rester à l'arrière-plan. Mais merci pour les compliments ! Toi aussi tu te débrouilles plutôt bien, Sparks.

— Que veux-tu, toi et moi, on sort du lot… Blague à part, Grace a une autre raison de t'en vouloir.

— Ah bon ? Laquelle ?

— Elle tient en un mot : Sébastien Dubois !

— Ça fait deux mots, je réplique en essayant de ne pas virer au rouge vif. Et je ne sais pas de quoi tu parles.

Sparks me fait un clin d'œil, et nous nous tournons vers le groupe installé sur les canapés. Sébastien, plongé dans son film, ne semble pas se rendre compte des regards énamourés des filles qui l'entourent. Avec ses cheveux bruns en bataille, ses yeux noirs et son teint mat, il est très séduisant. C'est vrai qu'il ne me laisse pas indifférente, même si je fais tout pour le cacher.

— Oh là là, murmure Sparks en me donnant un petit coup de coude. J'en connais une qui se meurt d'amour ! Ne le nie pas, je le sais !

— N'importe quoi ! Je le connais à peine.

— Mais tu aimerais que ça change, pas vrai ? Tout comme Grace. Dès qu'il est dans les parages, elle n'a d'yeux que pour lui. Voilà pourquoi elle est jalouse de toi !

— Je le lui laisse. Il est beaucoup trop beau pour moi.

Sparks secoue la tête d'un air désespéré.

— Arrête ! La danse, ton physique… tu te rabaisses tout le temps !

— C'est de l'auto-défense. Quand on ne se fait pas de faux espoirs, on tombe de moins haut.

Au fond de moi, je n'en suis pas convaincue. Lorsque les choses tournent mal, je souffre autant que n'importe qui. Ça m'est déjà arrivé plusieurs fois : quand j'avais dix ans, j'ai échoué aux auditions du Ballet royal ; et je ne dois ma présence ici qu'à la défection de Summer. D'un autre côté, la fréquenter ne m'a pas vraiment aidée à prendre confiance en moi. Notre professeur de danse, Miss Élise, m'a toujours encouragée, mais c'était Summer la star de l'école. Plus elle se donnait de mal, plus j'essayais d'avoir l'air détachée. Reconnaître à quel point tout cela m'atteignait aurait été un aveu de faiblesse.

Lorsque Summer a décroché la place à la Rochelle Academy dont nous rêvions toutes les deux, je me suis sincèrement réjouie pour elle. C'était une de mes meilleures amies, et elle méritait cette chance. J'ai pleuré dans mon oreiller pendant une semaine, sans que personne ne sache à quel point j'étais déçue.

Et puis Summer a dû renoncer à intégrer l'internat, et on m'a offert de la remplacer.

— Je suis si fière de toi, Jodie ! m'a félicitée ma mère. Ils n'ont sélectionné que les jeunes danseuses les plus prometteuses !

J'ai souri, mais je savais que Summer serait toujours meilleure que moi.

— La modestie ne te mènera nulle part, me prévient Sparks, les orteils tendus vers le poêle. Tu ne peux pas mettre ta passion en sourdine comme si rien n'avait d'importance. Il faut vivre ta vie à fond, Jodie ! Tu n'en as pas conscience, mais tu dégages quelque chose de spécial.

Mon regard croise celui de Sébastien, qui me décoche un petit sourire avant de retourner à son film. Est-ce qu'il se doute que je pense à lui le soir avant de m'endormir, ou le matin dans mon demi-sommeil ? Il est gentil avec tous les élèves ; je parie qu'il ne sait même pas qui je suis. Je réponds à Sparks :

— Je suis juste réaliste. À quoi bon rêver de décrocher la lune quand on n'a pas de fusée pour y aller ?

— Moi non plus, je n'ai pas de fusée. Mais ce n'est pas ça qui va m'arrêter. Aujourd'hui, la Rochelle Academy… et demain, le monde !

Si seulement j'avais ne serait-ce que la moitié de son assurance…

10 novembre

Chère Summer,

Je suis désolée qu'on n'ait pas réussi à se voir pendant les vacances. Je t'ai téléphoné plusieurs fois, mais ça avait l'air d'être la folie, chez toi. Et comme tu ne m'as pas rappelée, je me suis demandé si on t'avait bien transmis mes messages. J'espère que tu n'es pas fâchée contre moi.

J'ai parlé à Skye, la dernière fois. Elle m'a dit que tu allais mieux, mais que tu passais pas mal de temps à la clinique et que tu m'écrirais si on n'arrivait pas à se voir. Je l'espère ! Je suis heureuse de savoir que tu te rétablis, Summer. Je ne parviens pas à t'imaginer malade, toi qui as toujours été si forte.

Ça m'a fait bizarre de rentrer à la maison. Je n'attendais que ça depuis six semaines, mais, à peine arrivée, je me suis mise à compter les jours qui me séparaient de mon retour à la Rochelle Academy. J'ai du mal à l'expliquer... je n'ai jamais travaillé aussi dur de ma vie, et pourtant j'adore ça. Je ne pourrais plus m'en passer. Je suis sûre que tu me comprends. On est très occupés par les préparatifs du spectacle de Noël ; cette semaine, on va enfin savoir quel ballet on doit interpréter. Tout le monde redouble d'efforts dans l'espoir de décrocher l'un des premiers rôles – même si, en ce qui me concerne, je ne me fais pas trop d'illusions. Skye m'a annoncé que tu sortais avec Tommy ; quelle surprise ! J'espère qu'il te rend heureuse. Moi j'ai eu un petit coup de cœur, pour Sébastien, le Français dont je t'ai parlé. Je ne suis même pas certaine qu'il sache que j'existe, mais bon… les sentiments, ça ne se contrôle pas !

Je me sens un peu bête de m'acharner à t'écrire alors que tu ne me réponds pas. Du coup, sans signe de ta part, je te laisserai tranquille jusqu'à ce qu'on se voie au moment des fêtes. Mais je penserai à toi tous les jours, c'est promis.

Je t'embrasse très fort,

Jodie

3

Je pensais déjà avoir la danse dans le sang, mais après des semaines de pratique quotidienne, c'est devenu encore plus naturel pour moi que de cligner des yeux. Les mouvements qui me donnaient encore du fil à retordre il y a deux mois passent désormais tout seuls. Pourtant, les professeurs mettent la barre un peu plus haut chaque semaine ; ils nous poussent à nous surpasser pour atteindre un but impossible et invisible. Alors nous redoublons d'efforts.

Mon corps est de plus en plus mince et musclé. J'ai des courbatures partout et les orteils douloureux à force de passer des heures sur mes pointes. À la Rochelle Academy, on vit et on respire pour la danse. Cela fait partie du contrat.

Nous attendons avec impatience de connaître le ballet de Noël et le nom des solistes. Une semaine après le retour des vacances, Sylvie Rochelle nous convoque dans le Studio Un et nous annonce que nous interpréterons *Casse-Noisette* quelques jours avant les fêtes, dans le théâtre de Plymouth. Chaque élève aura au moins un petit rôle.

Je regarde Sparks, debout à ma droite, qui croise les doigts de toutes ses forces. Tasha, à ma gauche, se mord les lèvres. Un mètre plus loin, Grace se tient très droite, le front plissé par un mélange de peur et d'espoir. Autour de nous, chacun se prend à rêver. Le stress est si palpable qu'on pourrait le couper au couteau.

J'essaie de garder l'air détaché. Comme je ne fais pas partie des meilleurs, je ne peux pas me permettre de trop y croire. Et puis le corps de ballet suffira amplement à mon bonheur. Je ne suis pas pressée d'occuper le devant de la scène.

Le rôle de Clara est attribué à Annabel, et celui de la Fée Dragée à Grace. Quand Sylvie Rochelle annonce que Sparks sera le prince Casse-Noisette, il pousse un cri de joie et saute au cou de ceux qui l'entourent. On passe alors aux seconds rôles du deuxième acte, celui où Clara découvre le Royaume des délices. Je me vois confier la danse espagnole du Chocolat, et je suis partagée entre la terreur et l'allégresse. Naomi, Priya, Niamh, Tasha et les autres feront elles aussi de brèves apparitions. Puis notre directrice désigne les élèves plus jeunes qui joueront les invités de la fête et les souris. Je n'arrive pas à réaliser que j'ai décroché un solo, un rôle respectable et intéressant. Mais bientôt, les doutes m'assaillent de nouveau. Je ne suis pas prête, pas assez courageuse, pas assez douée. Tout le monde va s'en apercevoir.

— C'est génial ! souffle Tasha. On a des solos !

— Oui, c'est cool.

À côté de moi, Sparks rayonne de bonheur et Grace n'en revient toujours pas d'avoir obtenu un des rôles principaux. Je sais combien elle y tenait, alors j'essaie de me réjouir pour elle.

— Nous commencerons les répétitions demain, déclare Sylvie Rochelle. Bravo à tous – je compte sur vous pour faire de votre mieux. Et maintenant, je vous libère, mes chéris !

Lorsque je passe devant elle avec Naomi, Tasha et Sparks, elle me retient par le bras.

— Jodie, j'aimerais te parler une minute.

Mon cœur s'arrête de battre. Ai-je fait quelque chose de mal ? Vais-je avoir des problèmes ?

— Euh, oui, bien sûr.

— On t'attend ? me propose Tasha.

— Non, allez-y, je vous rejoins.

Sylvie Rochelle et moi nous écartons pour laisser sortir les derniers élèves. Depuis six semaines, j'ai eu cours de ballet tous les jours avec elle. C'est une professeure stricte et exigeante, mais aussi très encourageante. D'un seul coup d'œil, elle détecte nos points forts et nos faiblesses. Est-ce de cela dont elle veut discuter avec moi ?

Elle lisse ses cheveux gris et redresse le menton. Ses yeux bleu très clair semblent lire en moi comme dans un livre ouvert.

— Je t'ai observée avec attention, Jodie. Techniquement, tu es très douée, mais j'ai l'impression qu'il te manque quelque chose.

Ma gorge se serre. À quoi fait-elle allusion ? Je m'entraîne pendant des heures, je travaille plus dur que jamais. Je ne vois pas comment je pourrais en faire davantage. Cela signifie-t-il que mon séjour à la Rochelle Academy touche à sa fin ?

— Jodie ? répète-t-elle doucement, son accent français donnant une sonorité exotique à mon prénom. Tu comprends ? Lors des auditions, au mois d'août dernier, j'avais déjà eu la sensation que tu ne te donnais pas entièrement. C'est pour cette raison que nous ne t'avions pas proposé de place ici. Aujourd'hui, je retrouve la même… réserve quand tu danses. Tu appliques mes conseils à la lettre, tu travailles dur, et pourtant c'est comme si tu n'étais pas vraiment là. Je veux que mes élèves dansent avec leur cœur et leur âme, pas seulement avec leur corps. Il faut que tu le veuilles, Jodie. Que tu le veuilles plus que tout au monde. Lorsque tu y arriveras, la magie pourra opérer.

— Je fais de mon mieux !

— Je ne crois pas. Je pense que tu hésites à prendre des risques. J'attends de toi que tu t'ouvres, que tu me montres ce que tu as à offrir !

— Oui, madame Rochelle…

Je tourne les talons, les épaules en arrière et la tête haute, rassemblant toute l'énergie qu'il me reste pour quitter la pièce sans fondre en larmes. Le problème, dans un internat, c'est qu'on n'a aucune intimité. Je partage ma chambre avec trois filles, et il y a toujours une bonne demi-douzaine de personnes dans le foyer. Quant aux toilettes, dès qu'on s'y attarde un peu trop, quelqu'un vient demander ce qui se passe.

À la Rochelle Academy, quand on veut être seul, il n'y a qu'une solution.

Je longe le couloir, pousse la grosse porte en chêne de l'entrée et dévale les marches pour rejoindre la pelouse couverte de givre. Au fond du parc, à moitié caché derrière un bosquet de saules bordant la rivière, se dresse un vieux pavillon d'été. Les fenêtres sont de guingois, la peinture de la véranda part en lambeaux et les poutres de bois ont pris une teinte grise au fil des ans. À en juger par les couvertures, les emballages de chocolat, les peaux de banane et les cannettes vides qui jonchent le sol près d'un antique fauteuil en osier, je ne dois pas être la seule à connaître cet endroit – mais je n'y ai jamais croisé personne.

Des larmes brûlantes, amères et salées se mettent à rouler sur mes joues. Assise sur le perron, les genoux repliés contre la poitrine, je laisse enfin libre cours à mes sanglots. Comment Sylvie Rochelle peut-elle penser que je ne me donne pas à fond ? Je me tue à la tâche, mais ce n'est pas encore suffisant. En réalité, elle a dû comprendre que je n'étais pas assez douée et que je ne méritais pas ma place.

Quand mes sanglots finissent par se calmer, je m'aperçois que je suis encore en tenue de danse : justaucorps, collants, guêtres, cache-cœur et pointes. Je grelotte de froid.

J'ai l'impression d'avoir touché le fond, mais le pire reste à venir.

— Salut, lance une voix dans mon dos.

Quelqu'un pose une veste bien chaude sur mes épaules avant de s'asseoir à côté de moi, le visage à moitié caché par une mèche de cheveux bruns.

Sébastien.

4

Je m'essuie le visage avec ma manche et pose la tête sur mes genoux. Peut-être que, si je compte jusqu'à dix, Sébastien disparaîtra ?

Raté. Lorsque je relève la tête, il est toujours là et me dévisage d'un air inquiet. Je reconnais la veste en velours dont il m'a enveloppée ; c'est celle qu'il porte tout le temps, avec son revers couvert de badges.

— Tu es là depuis quand ? je demande d'une petite voix.

— Un moment. Je suis sorti juste après l'annonce du casting. Félicitations pour ton solo, au fait. Moi, je serai le Roi des souris. Quelle chance !

— C'est un joli rôle.

— Ça va. Au moins, ça prouve que, contrairement à ce que pensent certains, je ne bénéficie pas d'un traitement de faveur en tant que filleul de la directrice. Elle est d'une honnêteté sans faille, non ?

— Parfois trop. Elle vient de me reprocher de ne pas me donner à fond quand je danse. Que veut-elle de plus ? Du sang ?

Aussitôt, je regrette ces paroles. Je ne connais même pas ce garçon, et je viens de lui révéler à quel point je manque de confiance en moi. Pire, j'ai critiqué Sylvie Rochelle devant lui, alors que c'est une immense danseuse et surtout sa marraine.

Si seulement je pouvais disparaître sous terre…

Sébastien éclate de rire.

— C'est pour ça que tu pleures ? Voyons, Jodie, c'est normal que Sylvie te pousse à te surpasser. Elle a conscience de ton potentiel, et elle voudrait que le reste du monde s'en aperçoive !

— Je ne voulais pas me montrer négative. Elle est formidable, c'est une prof géniale. Mais pour être franche, je ne crois pas qu'elle ait décelé quoi que ce soit chez moi. À mon avis, elle regrette plutôt de m'avoir donné une place.

— Ça m'étonnerait. Ma marraine ne commet jamais d'erreurs.

— Je dois être l'exception qui confirme la règle. J'ai passé l'audition en même temps qu'une amie de mon ancienne école, une danseuse très douée. C'est elle qui a été retenue, mais elle est tombée malade et a dû se désister. Sylvie Rochelle ne m'a pas vraiment choisie ; si je suis là, c'est par défaut.

Je ne suis pas certaine que ces confessions et mon visage trempé de larmes soient le meilleur moyen d'impressionner un garçon. J'aurais mieux fait de me taire, mais c'est trop tard : maintenant que les vannes sont ouvertes, je ne peux plus m'arrêter.

Sébastien fronce les sourcils.

— Tu doutes toujours autant de toi ? Tu penses vraiment que tu n'as pas ta place ici ? Crois-moi, Jodie, ma marraine n'est pas du genre à prendre des décisions « par défaut ».

Je serre les pans de sa veste autour de moi en frissonnant.

— Mais c'est une réalité : je suis une remplaçante de dernière minute. Je te laisse imaginer ce que ça fait.

— Je te comprends, parce que je suis un peu dans le même cas. Je ne suis pas un mauvais danseur, mais Sylvie était d'accord avec moi : j'aurais mieux fait de rester à Paris pour intégrer l'école de danse contemporaine de mes rêves. Quitter ma maison, mes amis et mon pays n'était ni mon choix ni le sien, mais celui de ma mère.

Je lui jette un regard en coin. Soudain, il me semble moins sûr de lui, plus vulnérable. Une lueur de doute assombrit ses yeux bleus.

— Pourquoi ?

— Disons que ça l'arrangeait que je m'absente quelque temps. Elle est divorcée et sort avec quelqu'un depuis peu. Elle n'avait plus très envie de s'occuper d'un adolescent, alors me voilà.

— Tu n'es pas heureux d'être ici ?

— Je ne suis pas idiot. Sylvie est l'un des meilleurs professeurs d'Europe ; travailler avec elle m'ouvrira forcément des portes. C'est une femme très généreuse, qui estime qu'un bon danseur peut devenir brillant à condition de le vouloir. J'ai de la chance de l'avoir pour marraine. Et je ne suis pas gêné que ça m'ait permis d'entrer ici, au contraire. J'ai l'intention de faire deux fois plus d'efforts pour lui prouver qu'elle a eu raison de croire en moi.

Quelques élèves envieux ont effectivement sousentendu que Sébastien ne devait sa place qu'à ses relations, mais il suffit de le voir danser pour comprendre que c'est faux. Il est doué, et il travaille dur. Maintenant je sais pourquoi.

Quand nos regards se croisent, une sorte d'étincelle se produit entre nous. Pourtant, je dois faire peur, avec mon mascara qui a coulé et mon chignon défait. L'espace d'un instant, j'ai envie de lever la main pour effleurer la joue de Sébastien, mais je rougis aussitôt et tente de me concentrer sur ce qu'il vient de me dire.

— Je suis désolée. Je ne me doutais pas que c'était si compliqué pour toi.

Il se tourne vers les saules et la pelouse qui nous séparent du bâtiment principal.

— Ne t'en fais pas, ça va. Ma mère m'aime, elle veut simplement ce qu'il y a de mieux pour moi. Et en l'occurrence, il se trouve que ça l'arrange aussi. Mais tu veux bien garder ça pour toi ? Je n'en ai parlé à personne.

— Promis.

— Je me plais ici. J'adore les cours de danse contemporaine. Joe Nash est un prof incroyable.

— Oui, il est cool. Même si je me sens un peu perdue.

— Normal, tu n'as pas l'habitude.

Nous restons assis un moment en silence, moi pelotonnée dans la veste en velours, Sébastien accoudé sur les vieilles marches du perron.

— Je crois que ma marraine a raison, déclare-t-il enfin. Tu ne te livres pas complètement quand tu danses. De quoi as-tu peur ?

— De rien !

C'est un mensonge. Pour commencer, j'ai peur qu'on me rejette. J'ai déjà encaissé deux refus, lors de l'audition du Ballet royal quand j'avais dix ans, puis l'année dernière, de la part de Sylvie Rochelle. Et parfois, même si je trouvais normal que Summer attire tous les regards, j'avais peur de disparaître dans son ombre.

— Je suis un peu dans la retenue, c'est vrai. Mais ce n'est pas un crime, si ? Je n'ai jamais eu le goût du risque, ce n'est pas dans ma nature.

— Pourtant, ça peut être drôle. Tu devrais essayer, Jodie !

Je secoue la tête.

— Mon amie Summer, elle, n'hésitait jamais à prendre des risques. Et regarde ce qui lui est arrivé ! Elle s'est laissé consumer, dévorer…

— Comment est-elle tombée malade ?

Et soudain, voilà que je lui raconte toute l'histoire, alors que je n'en avais encore parlé à personne – ni à Sparks, ni à Naomi, ni à Tasha, ni même à mes parents. Je sens que je peux me confier à Sébastien. Ça fait du bien. Je lui explique comment la pression a fait basculer Summer dans l'anorexie, comment elle a fini par se perdre et par oublier son amour de la danse.

— C'est dur, commente-t-il lorsque j'ai terminé. J'espère que ton amie se remettra bientôt. Mais quoi qu'il se soit passé, tu n'y es pour rien, Jodie. Si ma marraine t'a offert cette bourse, c'est parce que tu as un don… et c'est ce qu'elle voudrait voir quand tu danses.

— Atteindre la perfection technique demande déjà énormément de travail. Pourquoi est-ce que ça ne lui suffit pas ? Pourquoi exige-t-elle davantage de moi ?

— Parce qu'elle sait ce dont tu es capable. Moi aussi, je le devine. Sous ta carapace, tu caches quelque chose d'unique, Jodie Rivers.

Il se redresse en frissonnant et m'aide à me lever pour regagner le bâtiment principal.

J'aime sentir sa main dans la mienne, et je crois que c'est réciproque. Je voudrais ne plus jamais la lâcher.

15 décembre

Chère Jodie,

Je me doute que tu espérais que ce soit Summer qui t'écrive, mais je suis tombée sur une de tes lettres et j'ai décidé de te donner de ses nouvelles. Même si elle ne te répond pas, tes courriers lui font un bien fou, crois-moi. Elle les lit et les relit des dizaines de fois avant de les ranger soigneusement dans le tiroir de son bureau. Pour elle, ces petits aperçus de ta vie à l'école de danse sont de vraies pépites.

C'est un peu difficile pour elle en ce moment, mais les médecins nous avaient prévenus que l'approche des fêtes serait délicate. Au cas où tu te poserais la question, je lui ai transmis ton message lorsque tu as appelé pendant les vacances. Mais je crois que la perspective de te revoir lui faisait encore peur, et c'était la folie à la maison – pour changer. Je ne sais pas si tu es au courant, mais Honey est allée trop loin et nos parents ont pris une décision radicale : elle vit désormais à Sydney avec notre père. Summer a beaucoup de mal à s'en remettre.

Donc voilà… comme tu peux le constater, nos journées sont toujours aussi mouvementées, et l'ambiance n'est pas vraiment à la fête. Heureusement, ce sera bientôt Noël. Summer m'a dit qu'elle aimerait passer un peu de temps avec toi, si tu es disponible, bien sûr. Je parie que tu sauras lui remonter le moral mieux que n'importe qui.

J'espère que tu ne m'en voudras pas de t'avoir écrit… je voulais simplement te rassurer au sujet de Summer. Préviens-moi quand tu seras rentrée, on essaiera d'organiser des retrouvailles !

À bientôt,

Skye

5

Avec ses vitrines décorées de guirlandes lumineuses, le Chapelier Fou forme une oasis étincelante dans la rue principale de Kitnor. Vu le froid glacial, il ne devrait pas tarder à neiger. Mon père me dépose devant le café en me promettant de venir me chercher dans une heure. Je regarde sa voiture s'éloigner, le ventre noué par l'appréhension. Ce rendez-vous avec Summer va-t-il vraiment lui remonter le moral, comme l'espère Skye, ou va-t-il au contraire empirer les choses ? Ça ne va pas être facile pour elle de m'écouter parler de la vie merveilleuse qu'elle aurait dû mener à ma place.

Lorsque je pousse la porte du salon de thé, je découvre les deux jumelles assises dans un coin. Je m'approche en leur faisant signe. Leurs boissons sont déjà posées devant elles : Summer a pris un soda light, et Skye un chocolat chaud avec de la chantilly et des chamallows. Je commande la même chose, ainsi qu'un cupcake orné d'une tête de renne au nez rouge.

— Je ne reste pas, me prévient Skye tout en vidant sa tasse. Je dois m'occuper des costumes pour le spectacle de Noël. On m'attend dans cinq minutes. Je suis juste passée te dire bonjour.

— Salut ! Ça a l'air génial, ce boulot.

— Oui, c'est super ! Bon, je file. Amusez-vous bien.

Elle enfile un manteau de laine rouge à col de velours noir, puis sort en agitant la main. Un silence timide s'installe. Summer est toute frêle. Sa peau est si pâle qu'elle paraît translucide, et ses yeux sont cernés de bleu. Je prends la parole :

— Ça me fait plaisir de te voir. Tu m'as horriblement manqué.

— Désolée de ne pas avoir répondu à tes lettres. J'adore les lire. Elles me donnent presque l'impression d'être là-bas, avec toi. Mais après, je me souviens que je n'y suis pas, et ça me rend triste.

— Je me doute que ce n'est pas évident… Moi aussi, j'aimerais t'avoir à mes côtés. L'école te plairait. Elle est située dans un vieux manoir absolument magnifique. Les chambres sont peintes dans des tons pastel. La nôtre est bleue, mais Grace déteste cette couleur, alors elle essaie d'obtenir l'autorisation de la repeindre en rose…

Je parle sans discontinuer afin d'éviter les blancs et de masquer ma gêne. Summer pose sa main sur la mienne.

— Du calme, Jodie. Je ne t'en veux pas. Je suis heureuse que tu aies intégré la Rochelle Academy. Je n'étais pas en état d'y aller, et je préfère que ce soit toi plutôt qu'une autre. Vas-y, raconte-moi tout ! Est-ce que Sylvie Rochelle est sévère ? Comment s'est passé le ballet de Noël ? Tu t'es bien amusée ? Je veux tout savoir… en particulier au sujet des garçons !

J'éclate de rire, et la tension qui régnait depuis mon arrivée se dissipe enfin. Je lui raconte les cours de danse classique, les ateliers d'interprétation, la danse contemporaine que j'apprends à aimer de plus en plus, mon solo dans *Casse-Noisette*… Puis je lui décris Naomi, Tasha, Sparks, et Grace qui me rend folle avec ses grands airs et son étagère de peluches.

— Alors comme ça, Sparks est juste un ami ?

— Oui. Il est drôle, un peu dingue et extrêmement doué. Je suis sûre qu'il deviendra célèbre…

— Et tes amours ?

— Tu te souviens de Sébastien, le Français dont je t'ai parlé dans mes lettres ? Le filleul de Sylvie Rochelle ? Il est super beau et il a un accent trop craquant. Bref, on est plus ou moins ensemble…

Je sors mon téléphone pour lui montrer quelques photos.

— Ouah ! s'exclame Summer. Il est canon !

— Oui, je sais. Je me demande ce qu'il me trouve !

— Ne dis pas n'importe quoi. Il voit en toi une fille adorable, douce et intelligente qui n'a pas la moindre idée de sa beauté et de son talent. Je suis vraiment contente pour toi. C'était écrit : tu devais aller dans cette école pour y rencontrer Sébastien ! Et moi, il fallait que je reste ici pour apprendre à mieux connaître Tommy !

— Vous sortez toujours ensemble ?

— Bien sûr. Il m'aide à tenir le coup et à ne pas devenir folle. Sincèrement, Jodie, tu mérites ce qui t'arrive. Une place à la Rochelle Academy, et un gentil garçon… c'est super.

Je tripote mon cupcake, incapable de soutenir le regard de mon amie.

— Hé, reprend-elle. Ne me dis pas que tu t'en veux encore ? Parce que je n'ai aucun regret, je te promets !

Je tente de sourire afin de la rassurer, mais je n'y parviens pas.

— Tu ne comprends pas… C'est tellement dur. Tu ne sais pas ce que c'est d'être éternellement deuxième, de savoir qu'on a été choisie par défaut…

— Non, non, ne crois pas ça ! Le destin t'offre une chance d'accomplir ton rêve, Jodie. Tu dois tout faire pour que ça marche !

— Madame Rochelle et Sébastien pensent que je ne me donne pas à cent pour cent quand je danse. Ils ont peut-être raison. J'ai peur, Summer. Que se passera-t-il si je m'investis à fond, et que je m'aperçoive que ça ne suffit pas ?

— Et si tu t'apercevais du contraire ? De quoi as-tu peur, au juste ? D'échouer, ou de réussir ?

— Comment ça ?

— Depuis que je te connais, tu es toujours restée en retrait. Tu m'as laissée prendre la première place sous les projecteurs. Je me disais que c'était ta nature, que tu te sentais plus à l'aise au second plan. Tu as toujours été si raisonnable, si détachée par rapport à tout ça… comme si tu te moquais un peu du rôle qu'on t'attribuerait ou du résultat de l'audition. Avec le recul, je me demande si ce n'était pas un moyen de te protéger. Tu évites de te mettre en danger dans l'espoir de moins souffrir en cas d'échec.

— Possible. Je suis prudente.

— Ou alors, tu choisis la solution de facilité. Mais je te préviens, Jodie : si tu gaspilles la chance qui t'est offerte aujourd'hui, je ne suis pas sûre de pouvoir te le pardonner. Toi et moi, on a toujours rêvé de devenir danseuses. En ce qui me concerne, c'est fichu, mais toi tu peux encore y croire. Alors ne me déçois pas. Mets-y tout ton cœur. Et toute ton âme.

Le soulagement m'envahit. Pour la première fois depuis longtemps, je me reprends à espérer. Je souris malgré moi. Dans une semaine, une nouvelle année débutera, et je sais déjà quelle sera ma bonne résolution.

Tout mon cœur et toute mon âme. C'est simple, mais ça peut changer ma vie.

En un clin d'œil, mon amitié avec Summer a repris son cours. La gêne que je ressentais face à sa maladie, mon sentiment de culpabilité, les lettres à sens unique, tout s'est envolé.

Dehors, de gros flocons se mettent à tomber. C'est enfin Noël.

Nous échangeons des petits cadeaux : un foulard rose pailleté pour Summer, un pendentif en forme de cœur pour moi. Il se fait tard. La serveuse commence à empiler les chaises et à essuyer les tables. Des phares approchent dans la rue, et je reconnais la voiture de mon père.

Nous enfilons nos manteaux, réglons la note et nous dirigeons vers la porte. Debout sous la neige, nous nous étreignons longuement. Malgré les couches de vêtements qu'elle porte, je sens combien Summer est maigre. Une bourrasque un peu forte risquerait de l'emporter.

À présent, je n'ai plus l'impression de lui avoir volé son avenir. Au contraire, je me promets de faire le maximum pour me montrer à la hauteur de mes rêves, et des siens. Je murmure :

— Je suis heureuse de te retrouver. Tu es quelqu'un d'extraordinaire, Summer. Soigne-toi bien, d'accord ?

— C'est promis. Et je t'écrirai. N'oublie pas : mets-y tout ton cœur, et toute ton âme.

Je la regarde s'éloigner dans le noir, silhouette frêle et solitaire trébuchant dans la neige fraîche. Nos chemins se sont éloignés, mais je sais désormais que notre amitié survivra quoi qu'il arrive.

Chère Summer,

Merci pour ta dernière lettre. Je suis ravie que Honey soit rentrée et que tu commences à aller mieux. Quant à la surprise que Tommy t'a organisée pour la Saint-Valentin, waouh ! Avec Sébastien, on s'est contentés d'un pique-nique aux chandelles dans le vieux pavillon. Ça ne vaut pas une journée à Londres, mais c'était quand même génial.

Sinon, pour répondre à ta question, je vais super bien.

J'ai suivi tes conseils, et ma devise est désormais : « Mets-y tout ton cœur et toute ton âme. » Madame Rochelle ne me reconnaît plus. Et mon professeur de danse contemporaine, Joe Nash, m'a félicitée pour mon talent et mon intuition. Moi, Jodie Rivers… tu te rends compte ? Depuis des années, je m'échine à apprendre la danse classique, alors qu'en réalité j'étais faite pour le contemporain. Qui l'eût cru !

On n'a pas une minute à nous, mais ça ne me dérange pas. J'ai enfin l'impression d'être à ma place. La semaine dernière, j'ai appris une nouvelle très excitante. On est en train de mettre en scène un ballet contemporain intitulé *L'Éveil du printemps. On doit créer nous-mêmes les chorégraphies à partir d'improvisations. Et Sébastien et moi avons décroché les deux premiers rôles ! J'ai beau me pincer toutes les cinq secondes, je n'en reviens toujours pas. Je vais enfin me retrouver au centre de la scène !*

Je t'embrasse très fort,
Jodie

6

Lorsqu'on a passé sa vie à cacher ses sentiments, apprendre à s'ouvrir ne se fait pas du jour au lendemain. Il faut du temps pour s'habituer au regard des autres et pour ne plus craindre qu'ils se détournent en voyant qui on est vraiment.

L'amour, le doute, la colère ou la tristesse ne me font plus peur car, désormais, je m'en libère en dansant.

La musique est la clé d'un monde plus vaste où je peux enfin me donner tout entière. Même Grace me considère différemment, avec une forme de respect.

J'ai fini par comprendre ce qu'on attendait de moi en danse contemporaine : il suffit de répondre à la musique, de l'interpréter, de l'incarner. Je me demande comment j'ai pu passer à côté d'une telle évidence pendant si longtemps. J'ai l'impression d'avoir vécu en somnambule.

— Excellent, excellent, me félicite Sylvie Rochelle quelques semaines après le début du trimestre. Tu t'es enfin réveillée ! Je savais que tu y arriverais, Jodie !

Joe Nash est encore plus ravi qu'elle.

— Oui ! s'écrie-t-il tandis que Sébastien et moi improvisons une chorégraphie sur la fin de l'hiver. Laissez vos corps raconter une histoire… ce sont vos instruments de musique, vos toiles et vos pinceaux ! Oubliez les pas, oubliez ce qu'on vous a appris en classique. Vivez la musique… fantastique, Jodie !

Le thème me correspond parfaitement, à moi qui ai l'impression de sortir d'un long sommeil. Je suis habitée par une espèce de magie qui s'exprime dans chaque respiration, chaque battement de mon cœur. Et c'est une sensation grisante.

— Pourquoi ne m'as-tu rien dit ? je demande à Sébastien à la fin de la répétition. Tu aurais dû m'expliquer que je faisais fausse route ! J'ai gâché des années à rester dans l'ombre, à me contenter du minimum en pensant que c'était suffisant. Pourquoi personne ne m'a rien dit ?

— Tu n'étais pas prête à écouter.

Il a raison. Sylvie, Summer, lui : ils me l'ont tous dit, mais il m'a fallu du temps pour comprendre. Et cela ne vaut pas simplement pour la danse. Quand on tient à quelque chose dans la vie, il faut s'y consacrer entièrement.

Peu à peu, notre création collective finit par prendre forme. Après avoir choisi les musiques et tracé les grandes lignes de l'histoire, Joe nous a laissés faire la plus grande partie du travail. La structure est beaucoup plus abstraite que dans un ballet classique ; c'est l'équivalent d'un grand tableau expressionniste par opposition à un cahier de coloriage.

Au lieu de me fragiliser, cette liberté m'inspire. Je suis enfin moi-même.

L'après-midi de la représentation, dans les loges du théâtre de Plymouth, j'enfile un tutu en chiffon vert, un legging assorti et une veste en velours blanc ornée de rubans bleu pâle. Puis Tasha recouvre mon visage et mes bras de fond de teint vert tendre, sur lequel elle dessine des arabesques couleur émeraude.

— On dirait une œuvre d'art vivante ! commente-t-elle quand elle a terminé. Tu es superbe !

Debout devant le miroir, je détache mes cheveux. Pas besoin de chignon pour ce spectacle. Naomi crêpe mes boucles afin de leur donner un côté sauvage, et Niamh y tresse des rubans verts et des petites fleurs.

Je n'ai pas l'habitude d'être ainsi au centre de l'attention. Aujourd'hui, le moment est venu pour moi d'entrer dans la lumière.

À cette pensée, une bouffée d'appréhension me serre le ventre. Est-ce pour cette raison que j'ai attendu si longtemps ? Sentais-je inconsciemment que le stress me paralyserait au dernier moment ? Mes mains se mettent à trembler, et je murmure :

— Je ne peux pas.

Tasha éclate de rire. Naomi se contente de hausser les épaules. Tandis que les filles enfilent leurs costumes, la panique m'envahit. Je ne parviens plus à réfléchir. Je ne me souviens plus de ce que je dois faire, et comme une grande partie du ballet repose sur l'improvisation, je ne peux même pas compter sur la chorégraphie pour m'en sortir.

Soudain, quelqu'un me prend par la taille et m'embrasse dans le cou. Sébastien.

— Ça va, Jodie ? C'est bientôt à nous !

Je me retourne.

— Non, ça ne va pas. Je n'y arriverai jamais… Je suis morte de peur. Je vais tout gâcher, m'emmêler dans les pas, trébucher…

— Mais non, ne t'inquiète pas. C'est juste le trac. Ça va passer. Tu seras parfaite, comme toujours.

— Lever de rideau dans cinq minutes ! lance Joe Nash en entrant dans la loge. Préparez-vous à briller, les enfants ! Sébastien, qu'est-ce que tu fiches ici ? Tu devrais déjà être sur scène, en place pour ton entrée. Les filles, allez-y vous aussi. Ça va commencer. Par ici !

Il emmène tout le monde et je me retrouve seule avec Sylvie Rochelle, qui m'observe depuis l'autre bout de la pièce.

— Angoissée ? me demande-t-elle.

J'ai la bouche tellement sèche que je suis incapable de lui répondre.

— C'est normal, reprend-elle. L'adrénaline est ce qui nous permet de nous concentrer.

Je secoue la tête.

— Non, non, c'est pire que ça. Je sens que je vais perdre mes moyens. Voilà pourquoi j'étais restée en retrait jusqu'ici. Je ne sais pas gérer la pression. Je n'ai plus envie d'y aller !

Sylvie s'approche et prend mes mains dans les siennes. Comme par magie, mes tremblements s'arrêtent.

— Bien sûr que si, voyons. C'est ce dont tu rêves depuis toujours, Jodie. Ton heure de gloire est enfin arrivée. Et tu es prête !

— Mais j'ai trop peur !

— Et alors ? Tu crois que moi, je n'ai jamais eu le trac avant une représentation ? Si, à chaque fois. Cela fait partie du métier. Mais dès que le rideau se lèvera, tu ne penseras plus qu'à la danse. Oublie ta peur, et va.

Elle me pousse vers le côté droit de la scène. L'orchestre se met à jouer et le rideau se lève sur mes camarades, roulées en boule comme si elles étaient endormies.

— Non, je souffle. Madame Rochelle, je ne peux pas. Je pense vraiment que...

— Ne pense pas. Danse.

Reconnaissant l'envolée de violons qui marque mon entrée, je m'élance pieds nus sur le plancher. Je distingue des rangées de spectateurs dans la pénombre. Peur ou pas, c'est le moment d'entamer mon premier solo. La musique me prend par la main et m'emporte.

Alors je m'y abandonne de tout mon cœur et de toute mon âme. Je tourbillonne à travers la scène en faisant voler mon manteau d'hiver, que je finis par laisser tomber tandis que la musique monte crescendo. Je suis le printemps, le renouveau qui réveille les filles une à une pour les entraîner dans sa danse.

Puis la musique ralentit et les autres s'agenouillent en demi-cercle autour de moi. Un projecteur se braque sur le fond de la scène où Sébastien, vêtu d'orange et d'ocre, s'étire et se dresse lentement, tel le soleil. Il s'avance vers moi, m'attire contre lui, et nous nous lançons dans une valse endiablée. Notre duo se termine par un porté flamboyant, et nous nous écroulons au sol. C'est la fin du premier acte. Le public nous acclame pendant si longtemps que je me demande si je ne suis pas en train de rêver.

Plus tard, quand le spectacle s'achève sur l'entrée d'un groupe de filles aux tenues multicolores incarnant l'été, j'ai l'impression que mon cœur va exploser de bonheur. Cachés dans les coulisses, nous écoutons le tonnerre d'applaudissements qui suit notre prestation, avant de remonter sur scène en courant pour un ultime salut. Lorsque je me redresse, je vois ma mère, mon père et mes petits frères au premier rang. Et juste derrière eux, Summer, Skye, Tommy, Charlotte et Paddy, qui crient plus fort que tous les autres.

Je m'incline devant eux, les yeux remplis de larmes de joie.

Cette soirée mémorable se prolonge par une fête improvisée dans le café du théâtre. Maman, papa, Summer, Sylvie, Joe et même de parfaits inconnus m'embrassent et me félicitent. On me prend en photo pour le journal local. Sous mes yeux ébahis, la journaliste griffonne dans son carnet : « Jodie Rivers, une jeune danseuse prometteuse. »

— Tu as été géniale, déclare Summer.

Je la serre sur mon cœur en lui avouant que j'ai dansé pour elle autant que pour moi.

— Je sais, murmure-t-elle.

Quand tout le monde est parti, nous montons en bavardant gaiement dans les cars qui doivent nous ramener à l'internat. Nous rions devant nos visages presque méconnaissables sous les restes de maquillage, les faux cils immenses, les rubans et les fleurs.

— C'était incroyable, commente Sparks. On a cassé la baraque ! Avec un sacré coup de main de Jodie et de Sébastien, quand même…

— Tu as été superbe, me félicite Tasha.

— Fantastique, renchérit Naomi.

Grace me sourit et se penche par-dessus son accoudoir.

— Je n'avais jamais vraiment compris la danse contemporaine… jusqu'à ce soir. Tu as donné vie à ton rôle, Jodie. Bravo !

De tous les compliments que j'ai reçus, c'est celui qui me touche le plus.

En arrivant à l'école, nous découvrons un buffet froid préparé par les cuisiniers. Pendant que nous nous jetons sur les quiches, les salades et les gâteaux, Sylvie et Joe nous répètent qu'ils sont fiers de nous. Ce soir, le couvre-feu est oublié ; personne n'a envie d'aller se coucher.

Vers 23 h 30, la fatigue commence néanmoins à se faire sentir. Alors que je m'apprête à m'éclipser, Sylvie me retient par le bras.

— Tu vois ? me taquine-t-elle. Occuper le centre de la scène, ce n'est pas si désagréable. Certains d'entre nous sont nés pour ça, Jodie. On n'échappe pas à son destin.

Je lui souris, émerveillée de constater qu'elle me connaît mieux que moi-même.

— Merci, je réponds. Merci de m'avoir donné ma chance !

— Je ne demandais que ça. Il fallait seulement que tu sois prête à la saisir !

— Et moi ? intervient Sébastien en nous rejoignant. Je ne me suis pas trop mal débrouillé ?

— Tu as été excellent, le rassure Sylvie. Comme toujours.

Il me prend par la main et nous quittons la pièce, longeant les couloirs déserts avant de sortir sans bruit par la porte de la cuisine que personne ne pense jamais à fermer. Nous traversons la pelouse illuminée par le clair de lune vers les saules couverts de jeunes feuilles, pour nous réfugier dans le vieux pavillon.

Nous nous asseyons côte à côte sous le porche, comme nous l'avons fait il y a des mois de ça.

La mère de Sébastien n'a pas pu venir le voir danser. Elle l'avait prévenu, mais ça ne l'empêche pas d'être triste. Mes parents m'ont proposé de l'inviter à la maison à la fin de l'année scolaire. Qui sait, peut-être que, dans quelque temps, ce sera lui qui m'emmènera à Paris ?

Je pose ma tête sur son épaule, il m'enveloppe de ses bras, et je comprends en cet instant que je viens de passer la plus belle journée de ma vie. J'ai été la star du spectacle, je me suis découvert des réserves de courage insoupçonnées, j'ai dansé mieux que jamais et, surtout, j'ai profité de chaque seconde. Et pour couronner le tout, elle s'achève dans mon endroit préféré, en compagnie de la personne que je préfère.

Les ultimes minutes de la soirée filent comme du sable entre nos doigts, mais ça n'a aucune importance. Ces dernières semaines, j'ai appris énormément sur la détermination, l'amitié et la confiance. J'ai appris à sortir de l'ombre pour m'avancer sous le feu des projecteurs. Et je n'ai pas l'intention de faire machine arrière.

Cherry Costello

Timide, sage, toujours à l'écart.
Elle a parfois du mal à distinguer le rêve
de la réalité.
14 ans

Née à : Glasgow
Mère : Kiko
Père : Paddy

Allure : petite, mince, la peau café au lait,
les cheveux raides et noirs avec une frange,
elle a souvent deux petits chignons.

Style : jeans moulants de toutes les couleurs,
tee-shirts à motifs japonais.

Aime : rêver, les histoires, les fleurs de cerisier,
le soda, les roulottes.

Trésors : kimono, ombrelle, éventail japonais,
une photo de sa mère.

Rêve : faire partie d'une famille.

Coco Tanberry

Chipie, sympa et pleine d'énergie.
Elle adore l'aventure et la nature.
12 ans

Née à : Kitnor
Mère : Charlotte
Père : Greg

Allure : cheveux blonds et bouclés, coupés au carré et toujours en broussaille, yeux bleus, taches de rousseur, grand sourire.

Style : garçon manqué, jeans, tee-shirts, elle est toujours débraillée et mal coiffée.

Aime : les animaux, grimper aux arbres, se baigner dans la mer.

Trésors : Fred le chien et les canards.

Rêve : avoir un lama, un âne et un perroquet.

Skye Tanberry

**Avenante, excentrique, indépendante
et pleine d'imagination.
13 ans
Sœur jumelle de Summer**

Née à : Kitnor
Mère : Charlotte
Père : Greg

Allure : cheveux blonds jusqu'aux épaules,
yeux bleus, grand sourire.

Style : chapeaux et robes chinés dans des
friperies.

Aime : l'histoire, l'astrologie, rêver et dessiner.

Trésors : sa collection de robes vintage et un
fossile trouvé sur la plage.

Rêve : voyager dans le temps pour voir à quoi
ressemblait vraiment le passé…

Summer Tanberry

Calme, sûre d'elle, jolie et populaire.
Elle prend la danse très au sérieux.
13 ans
Sœur jumelle de Skye

Née à : Kitnor
Mère : Charlotte
Père : Greg

Allure : longs cheveux blonds tressés ou relevés en chignon de danseuse, yeux bleus, gracieuse.

Style : tout ce qui est rose… Tenues de danseuse et vêtements à la mode, elle est toujours très soignée.

Aime : la danse, surtout la danse classique.

Trésors : ses pointes et ses tutus.

Rêve : devenir danseuse étoile, puis monter sa propre école.

Honey Tanberry

Lunatique, égoïste, souvent triste…
Elle adore les drames, mais elle sait aussi
se montrer intelligente, charmante,
organisée et très douce.
15 ans

Née à : Londres

Mère : Charlotte

Père : Greg

Allure : longs cheveux blonds ondulés, yeux bleus, peau laiteuse, grande et mince.

Style : branché, robes imprimées, sandales, shorts et tee-shirts.

Aime : dessiner, peindre, la mode, la musique…

Trésors : son carnet à dessin et sa chambre en haut de la tour.

Rêve : devenir peintre, actrice ou créatrice de mode.

Les recettes au chocolat

Clafoutis façon Cherry

Il te faut :

50 g de cerises dénoyautées • 115 g de farine • 30 g de beurre doux • 25 cl de lait • 3 œufs • 80 g de sucre en poudre • 1 sachet de sucre vanillé • du sel • du sucre glace

1. Préchauffe le four à 200 °C.

2. Fais fondre le beurre à feu doux.

3. Casse les œufs dans un bol, puis bats-les comme pour une omelette.

4. Dans un saladier, mélange la farine, le sucre, le sucre vanillé et une pincée de sel. Ajoute les œufs battus puis, petit à petit, le lait, sans cesser de mélanger. Ajoute enfin le beurre fondu à ta préparation. Tu dois obtenir une pâte homogène.

5. Dépose les cerises au fond d'un moule beurré. Verse ta pâte par-dessus, puis enfourne le tout pendant 35 minutes.

6. Une fois le clafoutis sorti du four, saupoudre-le de sucre glace.

Le moelleux de Skye

Il te faut :

175 g de chocolat noir • 1 quinzaine d'oursons à la guimauve • 3 œufs • 125 g de beurre • 140 g de sucre • 100 g de farine • du sel

1. Préchauffe le four à 180 °C.

2. Beurre un moule à gâteau.

3. Fais fondre le chocolat avec le beurre, à feu très doux, sans cesser de mélanger.

4. Casse les œufs en séparant les blancs des jaunes. Ajoute une pincée de sel dans les blancs, puis monte-les en neige.

5. Dans un saladier, bats les jaunes d'œufs avec la farine et le sucre. Ajoute le chocolat fondu. Mélange bien, puis incorpore délicatement les blancs en neige.

6. Coupe les oursons à la guimauve en deux et ajoute-les à la préparation.

7. Verse le tout dans le moule beurré que tu mettras au four pendant 35 minutes.

Muffins à la mandarine et aux amandes

Il te faut :
2 œufs • 250 g de farine • ½ sachet de levure chimique • 1 sachet de sucre vanillé • 150 g de sucre • 150 g de beurre • 150 g de mandarines • 150 g d'amandes effilées • 150 g de lait • du sel • du sucre glace

1. Préchauffe le four à 180 °C.

2. Fais fondre le beurre à feu très doux.

3. Dans un saladier, mélange le beurre fondu, le sucre, le sucre vanillé, la levure, le lait et une pincée de sel. Ajoute ensuite les œufs, la farine et les amandes effilées.

4. Épluche les mandarines, coupe les quartiers en deux, puis incorpore-les à la préparation.

5. Verse le tout dans des moules à muffins et ajoute quelques amandes effilées pour faire joli.

6. Fais cuire les muffins pendant 30 minutes.

Rochers saveur Coco

Il te faut :
**200 g de noix de coco râpée • 125 g de sucre
• 2 œufs**

1. Préchauffe le four à 180 °C.

2. Casse les œufs en séparant les blancs des jaunes.

3. Dans un bol, monte les blancs en neige.

4. Dans un saladier, mélange les jaunes d'œufs, la noix de coco et le sucre, puis incorpore délicatement les blancs en neige à la préparation.

5. Forme des petites boules avec la pâte obtenue et dépose-les sur une plaque de cuisson recouverte de papier cuisson.

6. Fais cuire les rochers au four pendant 20 minutes. Ils doivent être dorés.

Les brownies de Honey

Il te faut :

200 g de chocolat noir à pâtisser • 150 g de beurre • 150 g de sucre • 150 g de cerneaux de noix • 3 œufs • 50 g de farine • du sel

1. Préchauffe le four à 180 °C.

2. Fais fondre le chocolat avec le beurre à feu doux.

3. Dans un saladier, bats les œufs avec le sucre jusqu'à ce que le mélange blanchisse. Ajoute la farine, puis le chocolat fondu et les cerneaux de noix. Saupoudre le tout d'une pincée de sel.

4. Fais cuire au four pendant 20 minutes.

Quelle fille
au chocolat
es-tu ?

❀ **Ton reflet, tu le vois...**

1. dans une boule de cristal.

2. dans le reflet du miroir.

3. dans les histoires que tu lis.

4. dans les flaques d'eau de pluie.

5. dans une boule à facettes.

❀ **Ton sport de prédilection...**

1. fouiner dans les brocantes et les dépôts-ventes.

2. il demande souplesse et coordination.

3. rouler dans l'herbe et compter les nuages.

4. la course, la marche, tout effort qui se fait au grand air !

5. est considéré « à risque », tu aimes les sensations fortes.

❀ **À la télé, tu aimes particulièrement regarder...**

1. pas grand-chose, d'ailleurs tu n'as pas la télé.

2. des émissions de télé-réalité entre amis.

3. des films et des séries.

4. des documentaires, des émissions de voyage.

5. des clips de musique, des publicités.

❀ **Tu te confies facilement à...**

1. ta vieille voisine qui te raconte toujours des histoires incroyables.

2. tes meilleurs amis.

3. la personne que tu aimes.

4. tes parents.

5. un inconnu.

❀ **On te reproche souvent...**

1. d'être tête en l'air.

2. de toujours vouloir diriger les choses.

3. d'arranger la réalité.

4. de tout prendre trop à cœur.

5. de n'en faire qu'à ta tête.

❀ **Si tu étais très riche, tu vivrais...**

1. dans un château romantique avec vue sur un lac.

2. dans un appartement high-tech au cœur d'une capitale.

3. sur une petite île japonaise que tu aurais achetée.

4. avec tes chevaux, dans ton haras.

5. dans un loft à New York, avec plein d'œuvres d'art.

❀ **On te propose de participer à une pièce de théâtre, tu préfères...**

1. t'occuper des costumes.

2. faire partie des comédiens.

3. écrire la pièce.

4. t'occuper du son et de la lumière.

5. faire les affiches et les flyers.

❀ ❀ ❀ ❀ ❀ ❀ ❀ ❀ ❀ ❀ ❀ ❀ ❀ ❀ ❀ ❀ ❀

✿ Tu as obtenu un maximum de 1 : Skye

Originale, romanesque, créative et très curieuse, tu aimes lire, te déguiser, fouiller, te documenter… N'aurais-tu pas une âme de détective ?

✿ Tu as obtenu un maximum de 2 : Summer

Déterminée, passionnée et sensible, tu es prête à tout pour aller au bout de tes rêves… ce qui ne t'empêche pas d'adorer les sorties entre copines !

✿ Tu as obtenu un maximum de 3 : Cherry

Tu aimes les histoires, celles que tu lis mais aussi celles que tu inventes. Romantique, tu aimes les endroits qui attisent ta créativité et tu rêves de longues promenades au bras de ton amoureux…

✿ Tu as obtenu un maximum de 4 : Coco

Rien ne t'amuse plus qu'enfiler des bottes en caoutchouc et sauter dans les flaques d'eau en criant. Après tout, pourquoi s'en priver ? Pour toi, il faut profiter de la vie, tout en protégeant son environnement ; tu es une vraie graine d'écologiste !

✿ Tu as obtenu un maximum de 5 : Honey

Tu es à l'affût des dernières tendances et cultives ton look branché. Tu fais parfois l'effet d'un ouragan à ton entourage qui ne sait pas toujours comment s'y prendre avec toi… Pourtant, tu aimes te sentir entourée.

Découvre toute la série

Tome 1
Cœur cerise

Découvrez la rêveuse **Cherry**, qui s'installe chez la compagne de son père ! À peine arrivée, la jeune fille craque bien malgré elle pour Shay, le petit copain d'une de ses « demi-sœurs ». Comment pourra-t-elle choisir entre sa nouvelle famille – elle qui a longtemps souffert de la solitude – et le charme irrésistible de Shay ?

Tome 2 Cœur Guimauve

Plongez dans l'univers extravagant de **Skye** ! Même si elle est pleine de charme et possède un petit grain de folie tout à fait craquant, Skye ne peut s'empêcher de se trouver nulle à côté de sa sœur jumelle, Summer. Comment sortir de l'ombre tout en restant soi-même ?

Tome 3 Cœur mandarine

Vibrez avec **Summer**, qui rêve de devenir danseuse !
Sélectionnée pour les examens d'entrée à une prestigieuse école de danse, la pression monte terriblement
pour la jeune fille… mais personne dans son entourage
ne réalise à quel point elle a besoin d'aide. Personne,
sauf son ami Tommy. Summer ira-t-elle au bout de
son rêve ?

Tome 3 ½

Cœur salé

Enfin l'histoire du garçon au chocolat !

Glissez-vous dans la peau de **Shay** ! Beau, sensible et excellent musicien, Shay file le parfait amour avec Cherry. Mais quand Honey, son ex, lui demande de l'aide, il n'a pas le cœur de la repousser… Comment ne pas perdre Cherry alors que les malentendus s'enchaînent ?

Tome 4

Cœur Coco

Suivez l'irrésistible **Coco** ! Sa passion : la nature et les animaux. Son problème : personne ne la prend jamais au sérieux. C'est pourquoi, quand son poney préféré est vendu à un propriétaire inquiétant, Coco ne peut compter que sur elle-même pour le sauver. Mais est-elle vraiment si seule ?

Cœur vanille

Frissonnez en suivant les aventures d'**Honey**, la plus rebelle et mystérieuse de la fratrie. Honey est partie rejoindre son père en Australie. Elle s'en faisait une telle joie ! Mais son père, qu'elle idéalisait tant, a une nouvelle compagne et le lycée qu'elle fréquente est particulièrement strict…